OX | 12/19 | AB 2/21

CW00839007

DI 9/24

To renew this book, phone 0845 1202811 or visit
our website at www.libcat.oxfordshire.gov.uk
(for both options you will need your library PIN
number available from your library),
or contact any Oxfordshire library

OXFORDSHIRE
COUNTY COUNCIL

L017-64 (01/13)

3303510621

Papel certificado por el Forest Stewardship Council*

MIXTO
Papel procedente de
fuentes responsables
FSC® C117695
www.fsc.org

Primera edición en B de Bolsillo: octubre de 2016
Primera edición con esta presentación: enero de 2019

© 2014, María José Moreno
© 2014, 2016, Penguin Random House Grupo Editorial, S. A. U.
Travessera de Gràcia, 47-49. 08021 Barcelona

Printed in Spain – Impreso en España

ISBN: 978-84-9070-759-3
Depósito legal: B-25.898-2018

Impreso en Impreso en Novoprint
Sant Andreu de la Barca (Barcelona)

BB 0 7 5 9 3

Penguin
Random House
Grupo Editorial

Bajo los tilos

MARÍA JOSÉ MORENO

A mi hija, futura madre

I

En la vida y en la muerte todo tiene un porqué, al menos eso pensaba hasta hace una semana.

La iglesia resulta pequeña, tal como predijo papá. Es la más cercana a su domicilio y donde acudían a misa todos los domingos. En el altar barroco, apenas iluminado, un gran Jesucristo crucificado vigila a los fieles congregados en torno a aquel luctuoso acontecimiento. Los bancos están ocupados por señores trajeados con sus respectivas acompañantes, todas ellas de oscuro y con perlas alrededor del cuello. Los que llegan más tarde se sitúan de pie en las naves laterales.

Siento un escalofrío. En la calle la temperatura sube; sin embargo, entre estos altos muros de piedra el frío cala hasta los huesos. De reojo observo, con malsana curiosidad, el ir y venir de los asistentes. Se inicia un molesto murmullo que cesa cuando la ceremonia comienza. Me apoyo en el reclinatorio y papá me mira intranquilo desde su metro noventa. Cruzo los brazos sobre el vientre que aloja a mi hijo, y una apacible sensación contrarresta la intensa angustia que me ahoga.

En la homilía, el sacerdote alaba las virtudes cristianas de mi madre; mi padre y mi hermano se remueven inquietos en el banco, no sé si presos del nerviosismo o molestos por los bisbiseos chismosos que esa plática provoca entre los asistentes y que no acierto a comprender. No veo el momento de que todo concluya.

A instancias del párroco, los asistentes forman una larga fila en la nave central y empieza el monótono desfile para dar el pésame. Mi padre agradece a cada uno de los asistentes sus palabras de consuelo con un fuerte apretón de manos o un sonoro abrazo, dependiendo de la amistad que tenga con ellos. Mi hermano y yo, como estatuas de sal, nos dejamos besar mientras escuchamos lo buena persona que era nuestra madre, la mala suerte que ha tenido al morir de esa manera tan trágica, lo solos que nos ha dejado; palabras vacías envueltas en añeja fragancia a perfume navideño. A punto de desfallecer, hago una señal a Gonzalo, mi marido, me agarro de su brazo y salimos.

En la calle, temblando, enciendo un cigarrillo y lo apago al instante al ver la expresión de Gonzalo. Le prometí que lo dejaría, sin imaginar el inhóspito escenario en que se iba a desarrollar el teatro de mi cercana existencia. Lleva razón; no es bueno, ni para nuestro hijo ni para mí. La vida continúa a pesar de la desdicha que nos ha tocado sufrir, de la aflicción que se ha incrustado en mi alma como algo viscoso de lo que no me puedo desprender. Cierro los ojos y, al poco, unos brazos fuertes, seguros, me abrazan. Gonzalo está conmigo, lo siento; lo miro y le regalo una sonrisa.

Ya en casa de mis padres compruebo que todo sigue tal y como ella lo dejó antes de coger ese avión: la última labor de ganchillo, con la que entretenía sus horas, en el costurero que yo le regalé por el Día de la Madre; el libro de Isabel Allende, *La isla bajo el mar*, en la mesita al lado del teléfono... Como si de un momento a otro fuera a regresar a la vida, a su quehacer cotidiano. Descubro su mecedora vacía, estática, una intensa desolación se apodera de mí, aún me parece verla balanceándose sin fin mientras mueve las manos con destreza, aplicada a su labor. Me ahogo entre estas paredes.

Voy hacia la ventana, descorro el visillo transparente y la abro. Respiro hondo un par de veces. El cielo, muy nublado desde que amaneció, algo infrecuente a mitad de junio, presta una tonalidad plata al follaje verde de los árboles del parque. Por un instante, mi mente se aleja de la frialdad de aquellas paredes entre las que reposan sus cenizas. También es un día gris, muy gris, en mi corazón. Miro hacia el fondo, a donde mi vista miope no alcanza. Allí están plantados los tilos, los majestuosos y viejos tilos de troncos anchos, dando sombra al paseo. Los tilos..., sus árboles predilectos.

Casi todas las tardes, al regresar del colegio, la encontraba mirando a través de esta misma ventana. Al verme aparecer, me alzaba en sus brazos y me susurraba: «Mira a lo lejos, allí, María. —Y señalaba con el dedo a un infinito que mis ojos no lograban divisar—. ¿Los ves?, esos árboles tan altos, los que están al fondo. Se llaman tilos, y como son enormes dan una gran sombra en el paseo. Un día te llevaré a jugar allí», decía ella mientras besaba mi sonrosada mejilla de colegiala dejándome impresa la huella de carmín de sus labios. Un ofrecimiento que nunca cumplió.

Sobre la mesa, el recorte del periódico donde se detalla la extraña y singular noticia de una mujer que falleció a bordo de un avión rumbo a Nueva York; mi madre.

¿Por qué lo haría...?

Una desventura sorpresiva y dolorosa para nosotros, su familia, que no sabíamos que había tomado ese avión.

Las lágrimas manan a su antojo y con ellas crece mi resentimiento hacia la mujer que me dio la vida y que se fue sin despedirse. No tenía derecho a hacernos esto, y menos a mí. Debió haberme contado su intención de abandonarnos, lo hubiéramos arreglado.

¿Por qué te fuiste...?

¡Nunca te perdonaré...! ¿Cómo puedo pensar eso? Es mi madre, ¡mi madre...! La quiero y, al mismo tiempo, la odio; no sé cuánto más de lo uno que de lo otro. En realidad sí lo sé, para qué engañarme. La odio, la odio, la odio... ¡Joder, qué mal me siento!

La voz grave y enfadada de mi padre me saca de la angustia de mi soliloquio.

—¿Aún sigues aquí? Ya deberías estar en tu casa con Gonzalo.

—Sí... —respondo mientras me restriego los ojos con el pañuelo.

—En tu estado no es bueno atormentarte de ese modo por alguien que cogió la maleta y se marchó sin mirar atrás, sin preocuparse de nosotros.

Lleva razón, pero no se lo digo. Es manifiesto el desprecio que desprenden sus palabras. Quizá últimamente se habían distanciado. Ahora que lo pienso, casi nunca estaban juntos en casa, salvo en algún almuerzo familiar programado con anterioridad. Papá siempre trabajando y mamá sola. Disquisiciones sin fundamento. La verdad es que papá me da pena. Sobre su máscara de rectitud late un corazón noble, ahora dolido por la pérdida.

—¿No te extraña el comportamiento de mamá? Nunca lo hubiera imaginado de ella, marcharse sin dejar siquiera una breve nota.

Busco sus ojos pero no los encuentro, da media vuelta y sale de la habitación, sin responder.

Me quedo ahí, inmóvil, mirando al vano de la puerta por la que ha salido. Su arrogancia, a veces, me exaspera, tampoco entiendo su espantada, pero no quiero discutir con él. Cuando se enfada es mejor dejarlo, no hablarle hasta que se calme. Esto lo aprendí cuando aún no levantaba un palmo del suelo y desde luego contribuyó a la buena relación que siempre hemos mantenido, todo lo contrario de lo que hacía mi hermano, que lo provocaba, de ahí los duros enfrentamientos que tenían y continúan teniendo.

Ilusa de mí, espero su abrazo, que me consuele como cuando de pequeña tropezaba y me caía; entonces, después de recogerme del suelo, me subía en sus hombros para que dejara de llorar; desde aquella altura dominaba todo, me sentía poderosa y feliz. Deseo que calme mi incertidumbre con sus sabias palabras. No debo ser tan severa con él, me recrimino. El tiempo restañará las heridas y nos procurará a todos la oportunidad de perdonar a mamá.

El estrepitoso y desagradable rugir de mis tripas me desconcierta. Desde hace días tengo una bola en el estómago que me sube hasta la garganta y me impide tragar. Necesito comer algo, aunque sea por el niño, de manera que me obligo y encamino mis pasos hacia la cocina. Al girarme, veo sobre la mesa la bolsa de plástico blanco con los objetos que mamá llevaba encima en el momento de su fallecimiento. Nadie la ha tocado. Mientras la abro, el corazón golpea mi pecho sin control. Dentro, el bolso marrón de piel y una caja de cartón en la que han guardado las cosas pequeñas: unos pendientes de perlas blancas, que le regaló mi padre cuando nació mi hermano; el anillo a juego, obsequio por mi nacimiento; el reloj de oro y... ¿dónde está su alianza? Descorro la cremallera del bolso convencida de que la encontraré allí. El monedero, la arrugada tarjeta de embarque, una bolsa pequeña de aseo con sus pinturas, un paquete de pañuelos de papel, el móvil y una postal. Ni rastro del anillo. Rebusco en los bolsillos interiores: nada. ¿Y si se lo quitó por algún motivo? Tal vez quería estar cómoda en el viaje o... Desconcertada, contemplo los objetos que he ido esparciendo sobre el cristal de la mesa y la tarjeta postal llama mi atención; una imagen nocturna de la Estatua de la Libertad con la ciudad de Nueva York al fondo. Le doy la vuelta:

14 de febrero de 2007

Nunca he podido olvidarte. Nueva York es muy grande y sigo solo. Siempre te esperaré.

RICARDO

De pronto todo se aclara. Este era el motivo por el que viajaba a Nueva York cuando sufrió el infarto. Encontrarse con ese tal Ricardo.

Me siento, intento tranquilizarme, pero no puedo. Cada vez más nerviosa me levanto y desde la puerta grito «adiós» a mi padre, que está en el dormitorio. Salgo como una fugitiva, ocultando en el bolsillo de mi pantalón esa postal que podría explicarlo todo.

«Nueva York...», «Ricardo...», «nunca he podido olvidarte...», un estribillo que martillea mi cabeza mientras aligero para llegar a casa y contárselo a Gonzalo. Dos años desde que mamá recibió esa misiva fechada el día de los enamorados.

¿Llevaría todo ese tiempo planeando el viaje?

Mi apresurado caminar se convierte en una carrera ajena a la gente que circula por la calle, con la que tropiezo. Sujeto mi vientre para proteger a mi hijo del intenso vaivén. Sin aliento, me detengo en una esquina intentando recuperar el pulso. En mi cabeza rugen los gritos de la manifiesta certeza. Mamá nos dejó por otro hombre.

¡Mierda, qué poco sabía de ella!

—¿Estás segura de lo que vas a hacer?

—No, Gonzalo, pero no queda otra alternativa. He de averiguar quién es Ricardo y qué supuso en su vida.

—Con ello no vas a revivirla.

—Es duro darte cuenta de que has compartido tu vida con una extraña.

—¡No exageres!

—¡Dios mío! ¿Cómo puedes estar tan ciego? ¿No te das cuenta de las consecuencias de su comportamiento? Ha muerto. Si hubiera estado aquí, con nosotros, igual podría haberse salvado.

—Tampoco es así, a cada uno le llega su hora, con independencia de dónde se encuentre.

—Se iba para estar con otro hombre.

—De acuerdo. ¿Y qué harás? ¿Te marcharás a la Gran Manzana y preguntarás a todos los que pasen por allí si conocen a Ricardo?

—Lo que menos necesito ahora es tu ironía. No sé lo que haré. No puedo contárselo a papá; aunque no diga nada, está sufriendo mucho al saber que mamá se marchaba sin él; mejor que no se entere de que se iba con otro hombre. Debo mantenerlo al margen por ahora.

—¿Ni siquiera se lo dirás a tu hermano?

—Lo haré cuando descubra la verdad. Prefiero no alarmarlo antes de tener todos los datos.

—Bueno, tú ganas, como siempre. Pero no te olvides de que estás embarazada —dice mientras acaricia mi incipiente barriga.

—No te preocupes, cariño. Esta vez, todo saldrá bien. Lo sé —digo mientras lo abrazo—. Te quiero.

Amanece un caluroso día tras una eterna noche de duermevela. Inconexas y desdibujadas ensoñaciones me han provocado un terrible dolor de cabeza que intento contrarrestar con una ducha de agua caliente. Hoy cumplo la tercera falta. Al pensarlo, cruzo los dedos, un ritual con el que anular la mala suerte. El aborto que tuve hace un año se produjo en el tercer mes.

Entonces, mamá me consoló asegurándome que tendría otros hijos. En aquellas duras circunstancias veía imposible que nada ni nadie pudiera sustituir al que había perdido. Ella, siempre optimista, me animaba: «Si supieras las cosas por las que tendrás que pasar, hija... Y el día que tengas a tu hijo entre tus brazos será tan maravilloso que todo se difuminará, y nada habrá más importante que eso.»

«Tú eres un chico o una chica muy fuerte, ¿verdad?», le hablo a mi vientre mientras le doy unas palmaditas.

Han pasado quince días desde que descubrí la postal y hasta hoy no me he encontrado con fuerzas de releerla. Las ideas bullen en mi cabeza. Lo primero es trazar un plan. Del cajón del escritorio saco un cuaderno y engancho con un clip la tarjeta en la tapa, pero antes vuelvo a leerla. Sonrío. Parece que quien la escribió va tomando forma en mi mente. Me imagino a Ricardo alto, moreno, con las sienes canosas, en definitiva, muy atractivo. Un hombre de mundo.

Decidida a diseñar la estrategia que debo seguir, como si de una investigación policial se tratase, abro el cuaderno. La página en blanco me frena, es difícil trasladar los pensamientos al papel. Mordisqueo el lápiz tal como hacía en el colegio cuando no sabía resolver los ejercicios de matemáticas. Tras un buen rato escribo: «¿Cuándo, cómo y dónde se conocieron? ¿Qué fue lo que la animó, después de tantos años, a ir a su encuentro?»

Si doy respuesta a estas preguntas seguro que hallaré la justificación para la insólita conducta de mi madre. He de bucear en su pasado, buscar a personas que la conocieran y que arrojen algo de luz sobre este despropósito. Una arcada me lleva hasta el baño. Aún no me han desaparecido las náuseas matutinas, aunque hoy dudo que se deban en exclusiva al embarazo. El asco me revuelve el estómago y me lo estruja como si fuera una naranja en un exprimidor. Mientras me lavo los dientes y refresco mi cara repaso los candidatos a los que podría sondear, empezando por su familia.

Mi madre tenía tres hermanas: Pilar, Carmen y María, mayores que ella, con las que apenas se relacionaba, salvo las rutinarias felicitaciones en Navidad y Año Nuevo. Nunca hablaba de ellas. Pilar y Carmen murieron con seis meses de diferencia. Cuando fuimos a sus entierros, ocupamos un banco alejado de la familia, como si fuésemos apestados. Al regresar, le pregunté a mamá sobre ese hecho; su respuesta fue: «Cada uno en su casa y Dios en la de todos.» Pensé que algo muy gordo habría sucedido para que mi madre, afable por naturaleza, respondiera de aquella manera.

La única que aún vive es mi tía María, mi madrina, a quien debo mi nombre. La pobre ha enviudado hace poco y, según cuentan, desde entonces se halla inmersa en una profunda depresión. Ni siquiera sus hijos le han comunicado a estas alturas el fallecimiento de mi madre, por miedo a que haga una tontería.

En Medina del Campo, de donde proceden mis padres, solo queda una prima hermana, Matilde, hija de Carmen. Ella se encarga de mantener en pie la vieja casa de mis abuelos maternos. El resto de las primas y los primos andan repartidos por la geografía española, sin que hayamos mantenido comunicación alguna.

Siento una gran frustración al darme cuenta de que tengo poco donde elegir. Sobre la inmaculada hoja en blanco escribo el nombre de Matilde en letras grandes, la primera persona y por ahora la única con la que he de contactar.

Un cosquilleo interior me avisa nuevamente de la protesta de mi frágil estómago. No le hago caso. Respiro hondo. Medito si puedo contar con alguien más. Ahora que lo pienso, nos hemos criado casi sin familia a nuestro alrededor. Nunca me preocupé por conocer particularidades relativas a nuestros parientes. En realidad, mamá y yo nunca mantuvimos una conversación seria sobre su infancia, su juventud o la relación con sus padres y hermanas. Recuerdos deslavazados, retazos de historias, alguna que otra anécdota al azar..., es lo único que conozco de ellos. Por supuesto, nunca hablamos sobre mi padre, y tampoco salía con amigas o, por lo menos, que yo sepa, porque ya no me atrevo a confirmar nada. Mamá siempre estuvo dedicada a nosotros en cuerpo y ¿alma?

Quizá mi padre pueda sacarme de dudas. Sobre todo en lo que respecta a las amigas; de la familia materna ni le pregunto, sé lo que va a contestar. Busco el móvil y marco su número.

—Hola, papá. ¿Puedes hablar?

—Dentro de poco tengo una visita, pero ahora mismo estoy solo en el despacho. ¿Cómo te encuentras, cariño?

—Muy bien. Tengo náuseas, pero pronto pasarán. Hoy cumplo ya mi tercera falta. Por cierto, te llamaba porque quería preguntarte algo.

—Dime.

—¿Tú sabes si mamá tenía amigas?

—¿Eso a qué viene, María?

—No sé, pensaba en ella y se me ha ocurrido...

—Ya conoces a tu madre; bueno..., conocías. Era muy reservada. No le gustaba el cotilleo. Prefería estar en su casa, como debe ser.

—Papá, no seas retrógrado, por favor. Eso no tiene nada que ver con lo que te pregunto. Precisamente no hago más que dar vueltas a que no la conocía. Sé pocos detalles de su vida y poco le podré contar a mi hijo sobre su abuela —digo para disimular la verdadera intención—. Últimamente apenas salía de casa, es verdad, me refería a cuando la conociste, cuando estudiaba enfermería. Digo yo que lo normal es que tuviera compañeras, con alguna intimaría, ¿no?

—No conocí a ninguna.

—¿Tampoco en el pueblo? ¿Cuando erais novios no salíais con amigos?

—Qué pesada eres, hija. No me apetece hablar del tema. Te tengo que dejar.

—Perdona. No te enfades. ¿Por qué no vienes a comer a casa?

—No, gracias. Prefiero volver a mi vida habitual lo antes posible. Seguro que Dolores me deja la comida hecha.

Es escuchar el nombre de Dolores y una lucecita se enciende en mi mente. ¡Qué estúpida! ¿Cómo no me acordé de que ella llevaba en casa una eternidad? La conocía desde siempre. Desde que abrí los ojos al mundo estuvo revoloteando a mi alrededor. Era la tata de mi hermano y luego lo fue mía. La pobre Dolores tenía un hijo soltero y borrachín que gastaba todo lo que ella ganaba y la maltrataba; cuando le llegó la edad de jubilarse, no quiso dejar de trabajar. Necesitaba el dinero y alejarse del crápula de su vástago. Mamá le permitió seguir en casa, de esa manera se aseguraba su cuidado. Por nada del mundo la hubiera dejado en manos de ese tarambana.

Anoto su nombre debajo del de Matilde, dos islas de letras en el vasto océano de la página en blanco. Dos personas que conocieron a mamá en diferentes momentos, con las que iniciar el enigmático viaje por su vida, me digo; mientras, una lágrima resbala por mi mejilla y cae sobre el papel.

II

Entramos en la sala de exploración, la enfermera me ayuda a tumbarme en la camilla y me tapa con una sabanita verde. Miro el reloj y luego al techo blanco, concentrada en mis pensamientos; el corazón me golpea tan fuerte contra el pecho que temo que mi marido lo perciba. Intento desechar los recuerdos, pero no puedo. Rememoro la voz del doctor cuando pronunció la fatídica frase: «No hay latido fetal.» Aquellas malditas palabras con las que se inició un doloroso peregrinar que culminó con el aborto de mi hijo —porque era un niño lo que habíamos concebido—, al que perdimos por culpa del azar, porque no había ningún problema médico conocido que lo justificara. Gonzalo intuye lo que me atormenta y me coge la mano apretando con fuerza. Lo miro y me reconforta con una de sus sonrisas especiales.

En ese preciso instante, el médico entra disculpándose por su tardanza. Extiende el frío gel sobre mi barriga, me presiona con el artilugio y con destreza recorre mi vientre hacia arriba, hacia abajo y en círculos. Transcurren unos segundos, para mí horas, hasta que lo encuentra.

—¡Mira! Aquí está este diablejo —dice aliviado—. Parece que no le apetecía que lo viéramos.

Contemplo la pantalla siguiendo sus órdenes. Quiero adivinar las formas de mi hijo, pero mis ojos nublados me lo impiden; me pierdo en las explicaciones, al contrario que Gonzalo, que observa ensimismado las imágenes y atiende solícito a cuantas aclaraciones va haciendo el doctor. De pronto, de mi garganta reseca sale un hilo de voz que pregunta:

—¿Va todo bien?

—Claro, María —dice posando su mano grande y cálida sobre mi brazo—. Perfectamente, ¿no oyes lo fuerte que late su corazón? Además, todas las medidas que he realizado están acordes con las dieciocho semanas de gestación. Y... —prosigue, insistiendo en círculos alrededor de mi ombligo, mientras yo dejo de respirar durante unos momentos— si no me equivoco, no estamos ante un diablejo, sino ante una diableja.

—¡María, una niña! —exclama mi marido—. Lo que tú querías.

No sé qué responder. Se acerca y me besa agradecido; como si yo sola hubiera engendrado este deseado ser; como si tuviera el poder para que este embarazo llegue a término como es debido y no se vayan a pique nuestras esperanzas e ilusiones. ¡Ojalá tuviera ese don! Sin embargo, no está en mis manos, es el destino el que nos señala el camino por el que debemos transitar; unas veces con tristeza y desesperación, y otras con esperanza y alegría, igual que ahora.

No creo que haya un hombre mejor en el mundo. Precisamente el caprichoso destino nos llevó el mismo día, a la misma hora, al mismo lugar: una videoteca, y a escoger la misma película: *El diario de Noah*.

En una desapacible noche de principios de diciembre, regresaba de casa de una compañera. Habíamos estado toda la tarde preparando el examen para el día siguiente; uno de los últimos de la carrera. Al ver que la videoteca aún estaba abierta, pensé que lo mejor para relajarme era una película y, por supuesto, que fuera romántica. Así podría alcanzar en la ficción, junto a los protagonistas, el auténtico y verdadero amor, pues en la vida real se me resistía. Hasta ese momento todas mis relaciones con hombres habían sido un desastre. Por unos u otros motivos, y por más empeño que yo ponía, ninguna duraba más de un mes. En cuanto a la película, no tenía ninguna duda. Me dirigí a la zona del fondo y busqué en la estantería. Las películas estaban dispuestas por orden alfabético. Entretenida en encontrar dónde se situaba la E, no reparé en quién tenía a mi lado, y fue al alargar el brazo para cogerla cuando nuestras manos se tocaron sobre la caja que la contenía.

Superados los instantes de perplejidad, Gonzalo se disculpó con esos buenos modales que lo caracterizan; yo sentí un hormigueo en las piernas al mirarlo y advertir en su rostro una atractiva y cálida sonrisa, de la que me enamoré. Sus ojos, de color oscuro, brillaban bajo una cortina de pestañas. ¡Nunca había conocido a un chico con unas pestañas tan largas y espesas! La nariz, un poco grande, prestaba a su cara un aspecto de seriedad que nada tenía que ver con su manera de ser. Gonzalo era un superviviente nato. Afrontaba las situaciones con optimismo y era capaz de contagiarlo a todos los que lo rodeaban.

Nos presentamos entre risitas nerviosas y comentamos por qué nos gustaba aquella película. En su interés sobre los aspectos técnicos de la cinta, los buenos actores y la excelente música, latía el corazón de un romántico empedernido, como pude comprobar con el paso del tiempo.

Me invitó a su casa para verla juntos, y acepté. De eso hace ya cuatro años y nunca nos hemos separado. Me retrasé charlando con él después de la proyección y cuando llegué a casa, totalmente empapada tras desatarse una terrible tormenta, el reloj marcaba la una de la madrugada.

Mi madre, como era habitual, me esperaba en el salón. En aquella ocasión se entretenía punteando con gran primor un cuadro de hermosas flores en *petit point*. Su cara revelaba el cansancio acumulado tras el largo día, reflejado sobre todo en sus profundas ojeras. Levantó los ojos de la labor y, nada más verme, supo que algo extraordinario me había sucedido.

«Tus ojos brillan de manera especial, quítate esa ropa mojada, ponte el pijama, sécate un poco el pelo y vuelve para contarme lo que te ha ocurrido», me dijo.

Al regresar al salón, me indicó con un gesto que me sentara a su lado en el sofá. Me acurrucó entre sus brazos y yo parloteaba sin cesar mientras ella asentía en silencio. Tras un buen rato sin dejar de acariciar mi pelo húmedo sentenció con cierta melancolía: «La providencia lo ha puesto en tu camino. Es tu alma gemela, no te separes de él por nada del mundo.» Yo la interrumpí con mi impaciencia y le pregunté: «¿Eso existe?» Y ella, sin dudarlo, respondió que sí. «Nunca lo hubiera esperado de ti; acabo de constatar que mi madre también es una romántica», le dije ante su tajante afirmación. Se echó a reír y me besó; cuando me acompañaba hasta mi dormitorio me confesó: «si supieras cuántas cosas ignoras de mí», a lo que no di ninguna importancia en aquel momento irrepetible en el que me hallaba flotando en una nube de esperanza.

Cuando intentaba coger el sueño, recuerdo que una idea fugaz atravesó mi mente: lo afortunado que era mi padre por tener a mamá a su lado.

¡Dios mío, qué desacertada podía estar! ¿Y si ella pensaba en ese tal Ricardo al referirse a las «almas gemelas»?

—La llamaremos Elena, como mamá —sugiero mirando a Gonzalo, que se muestra de acuerdo con una leve inclinación de cabeza.

—Todo está muy bien, María. Te espero el mes que viene —dice el ginecólogo mientras la enfermera limpia de mi barriga el untuoso gel.

A mi madre le habría hecho muy feliz que su primera nieta se llamara como ella. ¡Qué cara puso el día que le dije que, de nuevo, esperaba un hijo! Sus ojos irradiaban felicidad. ¡Le ilusionaba tanto ser abuela! «Esta vez saldrá bien, hija, ya lo verás, lo presiento», me repetía a la vez que me aconsejaba que dejara un poco de lado mi ajetreado trabajo para dedicarme a cuidar a la criatura que crecía en mi vientre.

En mi anterior embarazo, el que se malogró, Gonzalo y yo decidimos llamarla como la abuela si era una niña. Mi marido sentía especial predilección por mi madre. Ellos sí que parecían «almas gemelas».

Gonzalo perdió a su madre recién cumplidos los ocho años. Una larga y terrible enfermedad la tuvo postrada en cama prácticamente desde el nacimiento de su hijo. El padre, joven y sin saber desenvolverse con el niño, volvió a casarse, con la mala fortuna de que la mujer que escogió se pasó su vida preocupada por tener unos hijos que no llegaron, y sin hacerle el menor caso al hijo de su marido. Gonzalo creció sin una figura femenina que lo cuidara, con la que sentirse protegido, que le mostrara algo del cariño que tanto necesitaba. Mamá se convirtió en esa representación, lo acogió como a uno más de sus hijos y él se lo agradeció convirtiéndose en un devoto admirador de todo cuanto ella hacía y decía; hasta el punto de que llegué a sentirme celosa de la magnífica relación que existía entre ambos.

—¿Estás contenta?

—Claro, cariño. Esta criatura es fuerte —auguro mientras acaricio mi vientre.

—Será como su madre y su abuela.

—Espero que no tan complicada...

—¿Qué te pasa?

—No me acostumbro. La echo mucho de menos, Gonzalo.

—Lo sé, yo también. Nada es igual sin ella.

Al llegar a casa telefoneo a mi padre. Ilusionada, le comunico que tendrá una nieta y que hemos decidido llamarla Elena, como mamá. Seco y cortante, me responde que la niña debería llamarse como yo: María. No entiendo el porqué de la parrafada que me suelta a continuación sobre la inconveniencia de ese nombre y aún menos su aparente enfado.

Tras colgar, vago por la cocina sin rumbo fijo, lo que significa que no me concentro en preparar el almuerzo. Cojo una cacerola y al instante la pongo en su sitio porque no recuerdo para qué la voy a utilizar. Mi mente deambula por otro mundo y no precisamente el culinario, enredándose en pensamientos reverberantes que no encuentran salida y que sin duda influyen en mi humor. En días y hasta en horas, paso de ser la mujer más feliz del mundo a la más desgraciada, de la alegría a la honda tristeza y, entre una y otra, me esfuerzo por desvelar todos los interrogantes sobre mi madre que siguen sin respuesta.

El desconsuelo en que me dejó la muerte de mi madre halló una vía de escape en el deseo de indagar sobre quién era Ricardo y qué había representado en su vida. En ello estaba cuando, no sé de qué manera, ni en qué preciso instante, aquel anhelo pasó a un segundo plano y en su lugar una intensa rabia hacia ella oscureció por completo mi mente.

Me parecía inaceptable que se hubiera marchado sin decirle nada a nadie y menos, por supuesto, el motivo de su huida. No podía concebir que hubiera preferido a ese hombre antes que a nosotros. La rabia se transformó en agresividad, maldecía incluso el hecho de ser su hija. El rencor se extendió a todo cuanto tenía que ver con ella. Me cuestionaba de manera obsesiva si me había querido, si tenía pensado regresar de Nueva York, si de verdad le ilusionaba ser abuela...; en definitiva, me sentía dolida y estafada por la persona que me había traído a este ingrato mundo. Nunca le perdonaría el daño que nos había ocasionado.

En esos momentos deseché la idea de investigar qué le había llevado a coger aquel avión, no me interesaba. Guardé el cuaderno con la postal en un cajón. Y cuando me asaltaba alguna duda, la resolvía con racionalizaciones en las que anteponía su inadecuado comportamiento a cualquier explicación que pudiera disculparla.

Una mañana, al despertar, me vino a la memoria la última vez que habíamos hablado, un día antes de que subiera a ese avión. Después de un tiempo sin vernos, recibí su llamada en el trabajo. Me extrañó porque no solía hacerlo. Quería saber cómo me encontraba y si todo iba bien. Le respondí y se hizo un silencio. Después, escuché su dulce voz diciendo que me quería, que no lo olvidara nunca. Yo, inmersa en la pila de papeles que amenazaban con desbordar mi mesa, respondí de forma automática: «también yo a ti, mamá...», como si fuera un ritual, y colgué.

Aquel inesperado recuerdo me abrió los ojos. Mamá se estaba despidiendo y yo no la había escuchado. Aquella certeza fue el origen de un intenso sentimiento de culpa que me mortificaba sin piedad. No me porté bien, no fui una buena hija, ¿y si actuaciones como aquella motivaron que se fuera? Me reprochaba la torpeza que ya nunca podría ser reparada y me encerré en infructuosos y ambivalentes argumentos con los que intentaba silenciar a ese Pepito Grillo que martilleaba mi conciencia.

Cuando el doctor me dijo que tendría una hija, inexplicablemente sentí una gran paz. Esa niña era el eslabón de sangre que nos encadenaba; una nueva generación de mujeres de la familia. Esa niña siempre sabría quién era su madre y yo tenía el deber de transmitirle quién había sido su abuela desde el amor que siempre me procuró; y no desde el odio, fruto de la frustración, ni desde el desconsuelo nacido de mi sentimiento de culpa.

En aquellos instantes me reconcilié con mi madre; la perdoné y me perdoné.

A las nueve en punto suena el timbre. Tras la puerta, papá espera con una botella de vino tinto y una de agua Voss, mi preferida. Le doy un beso sonoro como a él le gusta y le agradezco que por fin haya aceptado mi invitación para cenar. Vamos a la cocina, donde mi marido termina de preparar una ensalada.

—Te he preparado pescado al horno, como mamá lo hacía.

—Estupendo. Por la noche es más digestivo que la carne. Aunque donde se ponga un buen chuletón, ¿verdad, Gonzalo?

—Y que lo digas.

—Por lo que veo, una cena muy sana; ensalada y pescado —dice riendo.

Cuando papá ríe se le forman dos hoyuelos en las mejillas que dan a su rostro un aspecto aniñado, y que ninguno de sus hijos hemos heredado. A pesar de su edad se mantiene muy en forma, monta en bicicleta los fines de semana y va al gimnasio. Está delgado y, con lo alto que es, aún lo parece más. Por su trabajo siempre viste con traje y corbata. Suele bromear sobre eso diciendo que es su segunda piel. Esta noche también lo lleva, un precioso traje de hilo color azul azafata que le sienta como un guante, combinado con una corbata de topitos en tonos celestes.

—¿Sabes, papá?, me encantaría que Elenita heredara tus hoyuelos.

—¿Y eso?

—Son geniales. Estoy deseando que rías para verlos —le digo mientras me alzo para darle otro beso.

—Mi niña convertida en mamá —susurra mientras me abraza.

—Bueno, familia, vamos a dejarnos de carantoñas, que el pescado se va a resecar en el horno —dice Gonzalo.

—Tú lo que estás es celoso. Ven aquí, que para ti también tengo.

Le rodeo la cintura con los brazos y lo beso. Estoy feliz, no tengo a mamá, pero sí a los dos hombres de mi vida.

La cena transcurre con altibajos. A Gonzalo se le ocurre sacar el tema de las preferentes. Papá defiende a la banca de las tropelías de las que se le acusa, sin conseguirlo. Igual me sucede a mí cuando intento cambiar de conversación, que no puedo. Es lógico que quiera defender su trabajo, y por más que Gonzalo y yo intentamos hacerle ver que se debe poner en el lugar de los afectados, no da su brazo a torcer. Gonzalo y yo retiramos con calma los platos de la cena. Mientras pongo agua a hervir, para tomar unas infusiones con la tarta de manzana, pienso que sería bueno aprovechar la sobremesa para sonsacarle algo sobre mamá que me ayude en las indagaciones.

Le sirvo un gran trozo y con total espontaneidad le pregunto si quería a mamá.

—No sé qué te pasa últimamente, pero haces unas preguntas muy extrañas, hija mía. Debe de ser cosa del embarazo —dice entre risas.

—No tiene nada de extraño que quiera saberlo, papá. Contéstame, por favor.

Gonzalo se revuelve inquieto en la silla presintiendo que la conversación no va a ser tan relajada como pensaba.

—¡Pues claro que la quería! —exclama elevando el tono de voz.

—¿Os llevabais bien? —insisto.

—Por supuesto.

—Pues no lo entiendo.

—¿El qué no entiendes? —pregunta con desgana.

—Que mamá se fuera a Nueva York sin ti.

—Ya lo hemos hablado, María. Tu madre estaba muy rara desde hacía tiempo. Seguro que era por la menopausia —dice despectivo.

—Eso es absurdo. Ella nunca me contó nada sobre que se sintiera mal por eso. ¿Os habíais peleado?

Gonzalo deja caer su mano sobre mi brazo; quiere que me calme, pero no puedo. Debo de estar rozando un terreno peligroso, porque papá se ha puesto a la defensiva, lo noto en sus ojos desafiantes. Algo chirría en sus respuestas que me obliga a ser incisiva, a buscar de una vez la causa de un hecho que no alcanzo a comprender, a descubrir si él sabe más de lo que cuenta. Mi irritación crece en proporción a sus respuestas absurdas y evasivas. Yo sé por qué ella lo abandonaba y tengo la impresión de que él también.

—No. Tu madre y yo nunca discutíamos. Y vamos a dejarlo ya, María.

—Pues Gonzalo y yo reñimos a veces. ¿Verdad que sí? —digo mirándolo y esperando un asentimiento que no me presta.

—Tu madre sabía muy bien quién mandaba en casa y lo respetaba —dice, autoritario—. Le enseñé a comportarse en los primeros días de nuestro matrimonio; era joven y simple, pero aprendió. De eso no puedo quejarme.

Sus palabras pitan en mi cabeza como una estridente alarma: «sabía muy bien quién mandaba», «le enseñé a comportarse». Cómo se atreve..., mamá para él no fue una esposa, una compañera, sino más bien una esclava a las órdenes de un tirano. ¡Dios mío, cuántas sorpresas nos depara la vida! Con veintiocho años acabo de descubrir una faceta de mi padre que desconocía: es un machista. Noto que algo se rompe en mi interior, porque yo lo adoro. Nunca lo habría sospechado de quien me inculcó que debía reivindicar mi lugar en este mundo como mujer y como profesional. En ciertas ocasiones mi hermano y yo le recriminamos la actitud algo despótica con la que se dirigía a mamá, que yo justificaba por la educación recibida en un medio social donde lo habitual era que los hombres fueran servidos por mujeres, pero ¿hasta estos extremos?

Mamá no había cumplido aún los veinte cuando se casó. Mi padre le llevaba casi diez años. Él trabajaba en un banco y sus ascensos le obligaron a trasladarse de un sitio a otro, hasta que consiguieron establecerse en Valladolid. Alguna vez mamá me confesó que no fueron buenos años. Joven y tímida, no terminaba de acostumbrarse a estar en un pueblo cuando tenía que desmontar la casa y reubicarse en otro lugar desconocido, sin familia a la que acudir ni amistades con las que poder compartir sus miedos e inseguridades, y con mi padre siempre fuera del hogar. Imagino que se encontraría muy sola. Mi hermano nació cuando ella tenía veinticinco años y yo llegué dos años más tarde. Rara vez no estuvo en casa para recibirnos del colegio, siempre a nuestro lado cuando caíamos enfermos, en las celebraciones escolares, en los partidos de fútbol de mi hermano... Vivió para nosotros.

—¡Papá! —exclamo alzando la voz—. No te consiento que hables así de ella. Comprendo que te sientas decepcionado porque te abandonara, pero... me duele descubrir que eres un machista de mierda —digo entre sollozos.

—¡«Un machista de mierda»! ¿Qué te has creído?

Gonzalo se levanta de la mesa y, tajante, nos dice que es el momento oportuno para concluir la conversación.

¡Cómo odio a papá! Y pensar que, desde que supe la verdad del motivo por el que mamá se había marchado, sentía lástima de él. Ahora la comprendo y no me extraña que esa actitud influyera en la decisión que tomó.

—Y para que lo sepas: tu madre no me abandonó. No seas estúpida. Era solo una forma de llamar mi atención. Elena no tenía donde caerse muerta. Antes o después hubiera regresado.

—¡Vale, se terminó! —grita Gonzalo, al darse cuenta de que mi padre me está echando un pulso—. No estoy dispuesto a que os sigáis haciendo daño. Tomás, por favor, márchate; y tú, María, tranquilízate, ya sabes que no es bueno para la niña.

Me asusta Gonzalo, nunca le he oído gritar de esa manera. Mi padre me mira con el rostro desencajado, se levanta con brusquedad y se marcha del salón. En la puerta se vuelve hacia mí, mantiene el porte rígido que lo caracteriza y me dice:

—Te perdono porque entiendo que tu comportamiento de esta noche es producto de la alteración emocional en la que te encuentras por el embarazo, pero debes saber que no pienso aguantar que me trates nunca más como lo has hecho hoy.

Sus palabras no suenan a perdón, sino a amenaza, y entonces me pongo en el lugar de mamá, en la de veces que habría sido la víctima de semejante tono.

El portazo retumba en la sala. Me desplomo en el sofá, exhausta y decepcionada; Gonzalo está muy enfadado.

—¡Me gustaría que no volvieras a hacerme una encerrona como esta! La próxima vez que quieras sonsacar algo a tu padre, vas a su casa o te citas en una cafetería. Para mí no ha sido agradable estar presente en esta absurda conversación familiar.

—¿Absurda? ¿No te has dado cuenta de lo machista que es? ¡Dios!, si ha llegado a decir que le puso las cosas claras nada más casarse y que no tenía donde caerse muerta. ¿Qué se habrá creído?

—¿Y tú? Sin darte cuenta te has transformado en una inquisidora. Tanto insistir y nunca satisfecha con las respuestas. No sé qué esperas oír. Entiendo que la muerte de tu madre te ha desequilibrado. Estás irritable, saltas enseguida...

No puedo creer lo que estoy escuchando. Pensaba que tenía un aliado y no es así. Me embarga un doloroso sentimiento de soledad y sin poder evitarlo me lamento entre sollozos.

—Tu padre siempre ha sido igual, otra cosa es que no hayas querido verlo. Tu madre tendría sus motivos para seguir con él. No puedes convertirte en una justiciera. Así no podemos continuar...

Gonzalo me mira con gesto apesadumbrado y serio al verme llorar. En realidad no sé por qué la tomo con él, que no tiene culpa de nada. La imagen idealizada que tenía de mi padre se ha hecho añicos. He estado ciega ante tantas cosas, que me asfixia la claridad de mis descubrimientos. A pesar de todo, no debo perder el control cada dos por tres. Me palpo el vientre y comienzo a respirar hondo y despacio. Pienso en Elenita. ¿Estará sufriendo con todo esto? Al percibir los brazos de mi marido alrededor de mi cuerpo, me calmo y acompaso mi corazón al suyo. Un dulce sosiego termina con mi rabia. Cierro los ojos y veo a mi madre diciéndome: «tu alma gemela».

Sí, mamá, Gonzalo es mi alma gemela, ¿quién era la tuya?

III

Mi barriga crece por momentos; y lo más importante, ya siento a Elenita bullir dentro de mí. Desde que eso ocurrió, hace una semana, me he acostumbrado a hablarle. Le digo todo lo que haremos juntas cuando venga a este mundo, lo mucho que la quiero y las ganas que tengo de ver su carita y de abrazarla. Cuando estoy en casa, le pongo una música suave que —según Gonzalo leyó en una revista— posee la propiedad de tranquilizar a los bebés, mientras me balanceo en una mecedora que compré hace unas semanas, igual que la que mamá tenía en el salón. A ella le gustaba dormirse mientras se mecía, después de almorzar; en esos momentos yo, muy callada para no molestarla, jugaba a pintar: unas veces en mis cuadernos, otras a mis muñecas y la mayoría a mí misma. Cuando me cercioraba de que dormía, con mucho sigilo me iba hasta el cuarto de baño. Allí buscaba en el cajón la barra de labios que siempre usaba ella y con la precisión de mi poca edad me los pintaba hasta darles el mismo tono. Verme pintarrajeada de rojo escarlata me hacía sentir mayor, me asemejaba a mamá.

Desde que papá y yo tuvimos el enfrentamiento, la relación se ha vuelto distante. Más por su parte que por la mía. Yo le telefoneo a menudo y él me desvía la llamada o me corta al poco de iniciar la conversación con la excusa de que tiene mucho trabajo y no está para cháchara.

Llamé por teléfono a mi prima Matilde y no pude hablar con ella; una de sus hijas me dijo que no se encontraba en el pueblo. Había ido a Barcelona a visitar a unos parientes de su marido.

El regreso al trabajo, tras las vacaciones, supone para mí una inyección de ánimo. El hecho de no dar vueltas al mismo asunto me hace contemplar lo sucedido desde una perspectiva más objetiva y menos dolorosa.

El bufete, tranquilo durante los meses estivales, comienza a hervir en este mes de septiembre, en el que se retoman los casos tras la desidia veraniega de clientes y letrados.

Hace tres años que entré a trabajar en este despacho de abogados como asociada y me especialicé en Derecho Mercantil. El año que viene se jubila uno de los socios fundadores y es mi oportunidad para que me nombren socia; todo se lo debo a papá.

Desde pequeña estuve en contra de las injusticias. En el colegio siempre salía en defensa de aquellos que eran maltratados o vilipendiados. Me hacía respetar, en parte, por mi altura —le sacaba una cabeza a la mayoría de mis compañeros de clase—, y también por la firmeza de mi oratoria a la hora de defender mis ideas. Cuando en la cena refería lo sucedido en el colegio, papá siempre concluía con: «Esta niña tiene madera de abogada.» Y yo me lo creí.

Sin ninguna duda, tras aprobar la selectividad, me matriculé en la Facultad de Derecho. Aquel primer año conocí a la que aún es mi mejor amiga, Silvia; una chica muy inteligente y estudiosa que me animó a continuar con mi sueño cuando algunas asignaturas se ponían difíciles de aprobar. También mi paño de lágrimas en cuestiones amorosas. En efecto, las lágrimas siempre acompañaron las turbulentas y cortas relaciones que mantuve en la universidad.

Con mamá tenía confianza, pero no hasta el extremo de contarle el auténtico motivo de las sucesivas rupturas, que siempre tenían que ver con cuestiones de sexo. Por aquella época no tenía muy claro lo de las relaciones prematrimoniales. Educada en un colegio religioso, se me hacía cuesta arriba desprenderme de la moral que me habían inculcado. Mis novios me tachaban de mojigata y terminaban dejándome, y yo me refugiaba en Silvia; ella era de la opinión de que si no me aceptaban como era no me merecían. Hasta que llegó Gonzalo.

Después de terminar la carrera estuve haciendo prácticas en un bufete dedicado al Derecho Penal. Pensaba que ahí estaba mi futuro, pero me equivoqué. Aquello no era tal como lo había imaginado. Mis anhelos de Robin Hood fueron cercenados por la auténtica realidad de la relación abogado defensor y cliente: el interés en ganar a costa de todo y de todos, por encima de la verdad o, mejor dicho, a pesar de la verdad. El acusado es inocente mientras no se demuestre lo contrario y en ese «demuestre» era donde mi moralidad una vez más comenzaba a fallar. Un buen abogado defensor debe estar libre de prejuicios y yo no lo estaba. Quizá fuese fruto de mi inmadurez, de mis creencias o de mi excesiva conciencia; el caso es que no poseía los atributos más idóneos para ejercer de penalista. Y así, con un meditado y elocuente discurso, se lo comuniqué a mis padres.

Superada la frustración, salí en busca de trabajo y comencé a preparar mi boda con Gonzalo. Quería casarme por la Iglesia y vestida de blanco, como siempre había soñado. Recuerdo la cara de felicidad con la que mamá me contempló con el primer vestido de novia que me probé, y eso que me favorecía muy poco porque marcaba demasiado mis anchas caderas. Después de cinco trajes y más de dos horas en el probador, apareció el definitivo. Una mirada de complicidad y ambas estuvimos de acuerdo.

A la vuelta del viaje de novios me encontré con una oferta de trabajo para este bufete. Tenía la certeza de que papá estaba detrás de aquel ofrecimiento, pero nunca me lo dijo. Me animó a que lo cogiera y enfatizó que, si aguantaba, ahí estaría mi futuro. Llevaba razón.

No soporto estar peleada con papá, me duele en el alma. Es un cabezota y no está dispuesto a dar su brazo a torcer.

Una vez más, cojo el teléfono para llamarlo; en ese instante alguien toca en la puerta y la abre. Por la rendija asoma Javier.

—Buenos días, María. Uh... ¡Qué gordita! ¿Tanto tiempo hacía que no te veía?

—Hola, Javier. Esta niña crece por días —digo orgullosa.

—Me sonó extraña tu llamada, ¿qué necesitas?

Javier es investigador privado y trabaja para el bufete desde hace muchos años. Lo conocí cuando ambos participamos en un caso complicado, que tardó en resolverse; desde entonces nos hicimos buenos amigos. Alto, atlético, bien parecido y muy simpático; incansable viajero, ronda los cincuenta y aún sigue soltero, circunstancia por la que algunos envidiosos cuchichean a su espalda y lo tachan de raro y extravagante.

Abro el primer cajón de la derecha de mi mesa y extraigo el cuaderno con la postal.

—Javier, quiero que me prometas que esto quedará entre tú y yo.

—¿Ni siquiera tu marido lo sabe? —me interrumpe.

—Él sí está al tanto.

Respira aliviado.

—Me habías asustado. Cuando me llamaste pensé que sería por algún problema entre vosotros.

—No, nada de eso. Se trata de mi madre... —Un nudo en la garganta quiebra mi voz—. Cuando revisaba la bolsa que nos devolvieron con las pertenencias que llevaba encima al morir, encontré esta postal.

Quito el clip que la sujeta a la pasta del cuaderno y se la muestro. Le da la vuelta para leerla.

—Tranquila, María —me dice al notar como me tiembla la mano.

Se toma su tiempo y exclama:

—¡Vaya! ¡Qué marrón!

—La guardé y me la llevé de casa sin decir nada a nadie. Tampoco estaba la alianza, por lo que entendí que no la llevaba puesta.

—¿Y quién es Ricardo?

—Para eso te he llamado. Quiero contactar con él, pero no veo la manera. Lo único que tengo es eso —digo desolada, mientras señalo la tarjeta postal.

—¿Solo esto?

—Nada más. Un nombre, una fecha y una ciudad.

—¿Te figuras cuántos «Ricardos» habrá en Nueva York?

—Tú haz lo que puedas. Tengo previsto hablar con mi prima, que siempre ha vivido en Medina del Campo, de donde era mamá, y también con Dolores, la tata. He tomado la firme decisión de averiguar la verdad.

—¿Aunque lo que encuentres sea doloroso?

—No más que perderla, Javier.

—¿Tu padre conoce su existencia?

—¿De la postal? Que yo sepa, no. De ese hombre, no lo sé. Está cerrado en banda y no quiere hablar de mi madre por más que le pregunto. Andamos medio disgustados por ese motivo.

—La postal está fechada el día de los enamorados, ¿partimos de que mantenían una relación amorosa?

Javier es cuidadoso en sus palabras y en el tono que emplea, pero escuchar de sus labios «relación amorosa» me produce una gran turbación. Una cosa es que yo lo piense y otra, muy distinta, que él lo verbalice. Siento mucha vergüenza y noto cómo mis mejillas enrojecen. ¡Dios mío!, ¿qué estará pensando Javier de mi madre?

—No lo sé —respondo violenta—. Lo más fácil es pensar eso.

—Vamos, María. No pasa nada. No te tienes que sentir mal por lo que haya hecho tu madre, sus motivos tendría.

Parece mentira cómo determinados sucesos, cuando menos lo esperas, te cambian la vida y ponen tu tranquilo mundo al revés; como si te abrieran los sentidos a infinitud de detalles que antes nunca hubieras sido capaz de captar o de los que no te preocupabas al encontrarte inmersa en la rutina. La dinámica familiar es curiosa, cada miembro desempeña un papel que contribuye al bienestar del grupo. Papá trabajaba mucho para mantenernos, mamá estaba en casa para cuidarnos, mi hermano era el díscolo, y yo, la hija buena, el orgullo de mis padres. Bajo esa representación los días transitaban, sin necesidad de reflexionar sobre el qué o el cuándo y menos aún el porqué. Vives inmersa en una pompa de jabón hasta que por azar explota y entonces te das el porrazo de tu vida, tocas tierra de verdad. El ilusorio edificio familiar que has construido con los años, que te da cobijo, se viene abajo tras el terremoto emocional; todo queda expuesto, a la vista; descubres, en verdad, cómo son y cómo eres.

—No es por eso, es que me cuesta aceptarlo. He repasado al detalle su vida, en lo que yo la conocía, y no hay nada que lo sustente; aunque es evidente que alguien la esperaba y ella, desde luego, iba a su encuentro. De eso no tengo duda; lo que me lleva a considerar lo poco que la conocía.

—Todos tenemos secretos —dice él riendo.

—Antes me hubiera reído y te habría respondido que todos no. Ahora tengo que darte la razón.

—¿También los tienes? Nunca lo habría imaginado de ti.

—No me líes. No me refería a mí.

Reímos y por un instante siento alivio. Demasiada carga la que me he echado encima.

—Bueno, volvamos al caso ahora que estás más relajada. Quizá estés en lo cierto. Estas pocas palabras que Ricardo escribe traslucen una llamada impaciente; por otro lado, me extraña que tu madre dejara pasar tanto tiempo para dar respuesta. Empezaré investigando las circunstancias de su marcha, pero quiero que sepas que no lo tenemos fácil, María.

—Javier, es muy duro que tu madre muera joven de forma repentina, aún más que lo haga durante un viaje que no sabías que había emprendido, pero que además guarde un secreto de este calibre... Eres el mejor. Si es posible, tú lo conseguirás.

—Intentaré no defraudarte. Me marcho, tengo trabajo. Escríbeme lo más relevante que sepas y recuerdes de tu madre. Me lo envías por *e-mail*. ¿De acuerdo? Y cuida a esa niña.

Javier se aleja y los fantasmas regresan, en forma de preguntas sin respuesta, que me envuelven en un mar de dudas en el que estoy a punto de sucumbir. Tengo que continuar, me digo. Ahora formo parte de ese secreto.

Desde que mamá murió he rehuido la desagradable tarea de empaquetar sus cosas. Tras hablar con Javier, decido que ya ha llegado el momento y de paso puedo hablar con Dolores, a la que no he visto desde el fatídico suceso. En las pocas veces que yo he vuelto a casa de mis padres, ella no se encontraba allí.

Nadie responde a mi llamada, por suerte aún conservo las llaves. Rebusco en mi bolso y entro sin problema. Por la hora que es, seguramente Dolores habrá salido a comprar el pan. Sin detenerme en el salón recorro el pasillo hasta el dormitorio. Al lado de la calzadora aún está la maleta, sin deshacer, en la que mi madre metió lo imprescindible para su marcha. Abro el armario y una tempestad de sensaciones me anega el ánimo: el tacto de su mano en mi frente calenturienta, su cálido abrazo con olor a agua de rosas, su dulce voz animándome en momentos de flaqueza, su mirada vidriosa cuando se enfadaba...

Ella sigue dentro de mí, y dentro de ese armario que conserva su ropa ordenada por prendas y colores. Mamá sentía devoción por el orden. Cada cosa tenía su sitio y aquello era inamovible. Sufría mucho con nosotros; mi hermano y yo éramos muy desordenados. Una lucha continua en la que nunca ganó. Al final nos dejó por imposibles y renunció a entrar en nuestros dormitorios.

Mamá siempre había sido muy tradicional vistiendo. Recuerdo que cuando salíamos de compras siempre discutíamos; me quería vestir a su estilo y yo no consentía. Los pantalones vaqueros eran mi uniforme desde que dejé atrás el de colegiala; en todas las épocas del año y todos los días, rara vez usaba falda o vestido. «Una señorita no puede ir siempre en vaqueros», me decía, y yo me reía de que fuera tan clásica, sobre todo cuando la comparaba con las madres de mis amigas. Durante un tiempo le di la tabarra, hasta que me conciencié de que no podía cambiarla. Ella era así.

Descuelgo las perchas, las dejo sobre la cama de matrimonio y una tenue fragancia de su perfume llega hasta mí. Me acerco una de sus camisas de seda hasta la nariz, aún huele a ella. Siento una gran congoja y tibias lágrimas comienzan a resbalar por mis mejillas acaloradas.

Separo las camisas y las camisetas de los pantalones, de los vestidos y de las faldas, y doblo todo con sumo cuidado, como ella hizo tantas veces con la ropa que yo dejaba tirada sobre mi cama. Cuando ya he formado una pequeña torre, la guardo en una caja de cartón. No sé qué hacer con toda esa ropa. Mamá era menuda, todo lo contrario que yo, que salí a mi padre. Quizá Dolores pueda aprovechar algo.

Abro la puerta donde guardaba la ropa de abrigo y saco todas las prendas, incluso el precioso abrigo de visón que le regaló mi padre cuando cumplieron sus bodas de plata y que no le vi puesto nada más que una vez.

A pesar del calor, me apetece sentir su tacto suave y me lo pruebo. Me miro en el espejo de pie y veo que me queda bien, más corto que a mi madre, a la que casi le llegaba a los pies. Suelto una risotada. Ahora mismo estoy hecha un fantoche... Mis pantalones pesqueros, las sandalias planas y la pegada camiseta que abulta sobremanera mi incipiente barriga no hacen buenas migas con el elegante abrigo. Con las manos metidas en los bolsillos me giro a la derecha y a la izquierda luciendo tipo, como si fuera una modelo. Mis dedos rozan un trozo de papel arrugado en el interior del bolsillo izquierdo. Me apresuro a abrirlo y compruebo que está escrito con la misma letra impecable de la tarjeta postal.

—¡Oh, santa Virgen de San Lorenzo! ¡Si es mi niña la que está aquí! —exclama Dolores, que entra en ese preciso instante en el dormitorio, mientras yo me guardo la carta de nuevo en el bolsillo, pero esta vez de mi pantalón—. Eres una descastada.

—No, Dolores, no digas eso. He venido varias veces, pero ya te habías marchado —digo quitándome el abrigo.

—Mi niña, sé que todo esto ha sido muy doloroso para ti. Yo también lo paso mal cada día en esta casa sin ella. Bueno, pero no hablemos de tristezas. ¡Qué guapa que estás! Lo bien que te sienta el embarazo. ¡Si te pudiera ver tu pobre mamá! —dice arrastrando las sílabas mientras sus pequeños ojos se llenan de lágrimas.

—¡Dolores! No te pongas así, que tenemos faena por delante. Necesito que me ayudes. Quiero terminar antes de que vuelva papá, no me gustaría que me encontrara con la ropa de mamá por en medio de la habitación. No sé si sabes que nos enfadamos el otro día.

—Algo me contó, pero no entró en detalles. Y no te inquietes, tu padre avisó esta mañana de que no vendría a comer. Vengo de la tienda de Genaro, de comprar algo de embutido para la cena, y me he traído un poco de bacalao desalado, ¿quieres que te prepare unas patatas con bacalao?

—Sí. Hace mucho que no las como. Voy a telefonear a Gonzalo, ya sabes que adora cómo las preparas.

Gonzalo no responde, dejo un mensaje en el contestador de su móvil. El trozo de papel me arde en el bolsillo. No puedo esperar a conocer su contenido, pero Dolores no me deja a solas.

La miro mientras habla sin cesar y la pena me abruma. Ha envejecido en los últimos meses. Su fino rostro está surcado de arrugas, tiene los ojos hundidos y el dolor de espalda debe de haber empeorado, porque con frecuencia echa mano al costado y su gesto se retuerce en una mueca característica. Dolores ha sentido la muerte de mamá tanto como nosotros.

Aprovecho este momento para disculparme por no haberla atendido durante estos meses. Encerrada en mi egoísmo, la había dejado sola sin pensar que mi madre era como una hija para ella. Fundidas en un abrazo, en silencio, nos consolamos de nuestra pérdida.

—Venga, vamos a la cocina, que hay mucho que hacer. Tu marido llegará pronto y hemos de tener lista la comida —dice mientras se seca los ojos.

—No hay prisa, Dolores. Si tiene que esperar, no pasa nada.

—¿Cómo que no pasa? La comida debe estar a su hora, esa es mi obligación.

Me dan ganas de decirle que se relaje; mamá ya no está aquí, nadie la obliga a mantener la rígida rutina horaria que siempre había presidido nuestro hogar; pero no serviría de nada, a fuerza de acatar, las costumbres se incrustan en la piel como escamas de las que no te puedes desprender. Incluso yo en algún momento me he visto repitiendo a Gonzalo que se almorzaba a las tres y se cenaba a las diez.

Me siento en la silla de la cocina y la observo deambular del frigorífico a los fogones durante un rato. Va a la despensa y saca unas patatas.

—No te quedes ahí sentada y ve pelando las patatas mientras yo pico los ajos y el pimiento.

—A sus órdenes, mi generala —digo riendo.

—Mira que eres guasona. Si supieras lo que te echamos de menos tu mamá y yo cuando te casaste. Eras la alegría de esta casa.

Dolores comienza a relatarme anécdotas de mi infancia que ya ni recordaba, y otros sucesos acontecidos en nuestra familia; es el momento oportuno para indagar sobre mi madre. Cuantos más datos le dé a Javier, más oportunidades tendrá de dar con el paradero de Ricardo.

—¿Desde cuándo trabajas en esta casa, Dolores?

—¡Santos del Cielo y Virgen bendita! No recuerdo el año, solo sé que tu mamá estaba preñada de Tomasito. A tu padre lo acababan de trasladar a Tordesillas. Yo había perdido a mi marido y necesitaba dinero. Felipe, que en paz descanse, era buena persona, pero tenía muchos vicios, hija. La muerte le sorprendió muy joven y con muchas deudas. Apenas teníamos para mantenernos, mi hijo y yo, con lo que sacaba recogiendo en el mercado los despojos de las carnicerías, que luego vendía por una miseria a un criador de perros de caza. Hasta mis oídos llegó que el director del banco buscaba a una mujer del pueblo, trabajadora y de confianza, para ayudar en las tareas de la casa; tu madre debía guardar reposo, necesitaba ayuda, y yo me ofrecí.

—¿Reposo?

—Sí. El médico le mandó reposo. Había tardado mucho en quedarse embarazada, y tenía miedo de que lo perdiera. Una mañana me acerqué al banco y hablé con tu padre, enseguida llegamos a un acuerdo. Aún recuerdo la cara de tu madre cuando me abrió la puerta. Parecía una niña con una barriga tremenda y tenía unas ojeras que daban susto. Ya sabes lo que me gusta hablar y además aquel día andaba nerviosa con lo del trabajo nuevo, así que nada más verla le dije casi sin respirar: «tendrás un varón». Yo entiendo de eso, ¿sabes?, en mi casa hay herencia de parteras y siempre hemos tenido muy buen ojo para adivinar. Los ojos de tu madre se iluminaron. «¿Estás segura?», me preguntó. «Completamente», respondí. ¡Se la veía tan desamparada!

—¿Por qué se puso tan alegre cuando le dijiste que era un niño?

—Tu padre llevaba muy mal que no se preñara. La vieron los mejores médicos y todos decían lo mismo: era muy joven, su cuerpo aún no había madurado... La pobre hizo novenas a todos los santos, incluida santa Rita, ya sabes, la patrona de los imposibles. Me confesó que incluso había consultado con una curandera de uno de los pueblos en los que vivieron, que le hizo beber pociones de hierbas amargas, llevar prendas de determinados colores en días impares y tumbarse en determinadas posturas después de..., ya sabes... Un suplicio para ella.

—Mi padre, tan fino como siempre...

Dolores se extraña de mi comentario y me mira con cara de no entender nada.

—Las cosas en los pueblos no son como en la ciudad. Aún hay muchas tonterías con eso de los apellidos, la herencia..., y ten en cuenta que él era el hijo mayor y heredero de la hacienda de tu abuelo, una de las mayores de la comarca. Por eso, necesitaba que fuera un varón, para que el apellido no se perdiera. De ahí que tu madre se volviera loca de alegría cuando le aseguré que sería un machote. Y no me equivoqué. Lo que no podíamos sospechar era que el machote nos daría tanto trabajo.

—Mi hermano no es mala persona, Dolores.

—Ya lo sé, aunque a tu madre casi la mata a disgustos. ¡Con lo bien que ella se portó con él! ¡La de veces que lo defendió de tu padre! No aceptaba tener ese hijo que se parecía tan poco a él.

—Siempre ha sido muy intransigente con mi hermano.

—Cuando nació Tomasito, tu madre era la mujer más feliz del mundo. Tu padre la colmaba de atenciones que antes le había negado. Estaba muy orgulloso de que su mujer hubiera parido lo que él quería, y así nos lo decía a todos.

Aquellas palabras me hacen recordar el desencuentro que tuve con papá, y sin pensarlo le pregunto:

—Dolores, ¿alguna vez mi padre la maltrató?

—¡Qué va, mi niña! Yo nunca vi nada de eso que ahora sale tanto en la televisión.

—¿A qué te refieres?

—Raro es el día que no aparece en las noticias que una mujer ha muerto a manos de su esposo, de su ex esposo, de su amante o de lo que sea —dice mientras remueve con destreza la cazuela donde hierven las patatas a la vez que la cocina se impregna de un apetitoso olor a laurel—. Tu padre nunca le puso una mano encima. Ordeno y mando, sí. Tu padre era muy exigente. Eran otros tiempos.

—Nunca oí a mamá lamentarse de la vida que llevaba...

—Tu madre se lo quedaba todo para ella; aunque sus grandes ojeras lo decían todo, esas no mentían nunca. De todas formas, tu padre se suavizó mucho cuando tú naciste y lo destinaron a la capital. Él no es malo, solo que le gusta que todo se haga como se le antoja. Ten en cuenta que tu padre se crió en un pueblo donde la tradición obligaba a que las mujeres siempre estuvieran dispuestas a servir a los hombres. Supongo que cuando aceptó casarse con tu mamá, pensaba que compraba una sirvienta más.

—¿Amañaron su casamiento? —pregunto pasmada.

—Amañar, amañar... no, pero según la Jimena, la de las mantequerías de la calle Mayor, que es del pueblo de tus padres, todos sabían que se habían puesto de acuerdo. Por aquellos años, eso de los apaños matrimoniales ya no se estilaba; sin embargo, el señorito Tomás, como llamaban a tu padre, andaba derrochando a diestro y siniestro. Era un gallito de pelea, rodeado de un montón de gallinas dispuestas a conseguirlo, y de paso todo el patrimonio que tu abuelo dejaría en herencia. Pasaban los años y no se decidía a casarse. Cuentan que tuvo muchas novias y con ninguna cuajó. Su padre quiso atarlo corto y buscó entre las casaderas una que conviniera a sus intereses, y le obligó a casarse bajo amenaza de desheredarlo. Tu madre era muy joven, pero tu abuelo vio una excelente oportunidad que no podía desaprovechar. De esa manera se reunían las dos fortunas más grandes del pueblo.

—Seguro que mamá no estaba enamorada de papá —susurro poniendo palabras a mis pensamientos.

Repaso mentalmente lo que debió de ser para mi madre encontrarse casi sin darse cuenta viviendo una vida de adulta con un hombre diez años mayor que ella. Ahora entiendo a qué se refería papá cuando dijo que le dejó bien claro sus obligaciones.

—Dime la verdad, Dolores, ¿discutían mucho? —pregunto cogiendo sus manos.

—Tu padre no da opción. Ya sabes cómo es. Lo que dice se hace, aunque recuerdo una vez que ella se enfrentó a él.

—¿Cuándo?

—El mismo día del nacimiento de Tomasito. Tu madre tuvo un parto bueno, pero muy largo. Estaba exhausta. Tenía a tu hermano en brazos y tu padre se lo quitó para enseñarlo a la familia. Ella se puso muy triste, como si le hubieran quitado una parte de su propio cuerpo. Aún recuerdo su llanto desconsolado. Cuando al cabo de un buen rato se lo devolvió, porque el jodido niño berreaba como un marrano, para que se lo pusiera a la teta, ella insinuó que quería que el niño recibiera en el bautismo, de segundo nombre, el de Ricardo.

—¿Ricardo? —interrumpo.

—Sí, hija. Ricardo.

—Y papá no quiso, claro.

—Pues no. Quería que se llamara solo Tomás, como su padre, su abuelo, su bisabuelo..., otra tradición.

—¿Solo por eso?

—Eso es lo que gritaba cuando tu madre insistía.

—Qué extraño, en nuestra familia no conozco a nadie que se llame así —digo para tirarle de la lengua.

—Y yo qué sé, niña. Se le antojaría a tu madre o sería el santo del día. Bueno, a lo que iba. No me entretengas, que mi memoria no es lo que era y se me va el hilo. El caso es que tu padre dijo que el niño se llamaría solo Tomás, como todos en su familia. El niño seguía berreando;

tu padre gritaba barbaridades, que es mejor no repetir. Cómo sería la perra que pilló tu madre con aquello del nombre, que la leche no le subió por el disgusto —afirma convencida.

Mi mente deambula perdida sin querer dar crédito a lo que escucha. «Ricardo, Ricardo, Ricardo...», repito para mis adentros. No puede ser casualidad. Acabo de descubrir que se conocían antes de que naciera mi hermano; de otro modo, ¿a qué venía empeñarse en ese nombre hasta el punto de querer imponerse a papá? ¿Cómo esperaba que papá consintiera? Por lo que se ve, a mi padre ese nombre no le sugería nada, o lo disimulaba muy bien.

¿Para qué, mamá, querías que se llamara Ricardo?, ¿para fantasear con que era hijo de otro padre...?

No entiendo nada.

IV

Dolores remueve el guiso para que no se pegue y sale de la cocina. Aprovecho que va a poner la mesa para leer la cuartilla que encontré en el bolsillo del abrigo de mamá.

15 de marzo de 1998

Mi querida Elena:

He tardado casi treinta años en dar con tu paradero. Unos amigos de otros amigos, que casualmente siguen viviendo en Valladolid, dieron con tu dirección y me la han facilitado. He de confesarte que la tengo en mi poder desde hace más de un año y que he emborronado muchas cuartillas que acabaron en la papelera, porque no sabía cómo presentarme después de tanto tiempo.

En realidad, ni yo mismo sé qué pretendo con esta carta, así que no te sientas obligada en ningún momento. Quiero que sepas que ni un solo día he dejado de pensar en ti y que me arrepiento de haberme dejado llevar por una estúpida indignación, propia de la inmadurez de la juventud.

Elena, fui a buscarte a tu pueblo. Tu madre acababa de fallecer, por lo que pude enterarme. Pasé más de una semana allí, todos los días iba hasta tu casa... y tu padre no dejó que te viera.

Te escribí hasta el cansancio en respuesta a ese lúgubre comunicado que me enviaste en el que me detallabas el terrible suceso, pero nunca recibí contestación tuya. Necesitaba una explicación que no me diste.

Lo «sucedido» no era motivo para que te alejaras de mí. No encontré más salida a mi desilusión que aceptar una beca de formación en un hospital de Nueva York, donde continúo trabajando. Llevo tantos años viviendo en esta ciudad, que la considero como mi verdadera casa. Sin embargo, nunca te he olvidado.

Todavía, después de tantísimos años, en los días otoñales, cuando paseo por Central Park, imagino que voy contigo de la mano, como aquel primer día que nos encontramos en el parque...

¡Qué decepción! Es la primera parte de algo más, pensaba que al fin conocería la historia completa, que no tendría que ir recabando información de aquí y de allá hasta completar esta secreta historia que mi madre escondió con tanto cuidado.

Voy hasta el dormitorio, rebusco por los bolsillos de las prendas de mamá una segunda cuartilla, o quizá una tercera y una cuarta..., sin encontrar más que alguna que otra moneda y pañuelos de tela o de papel. Echo un vistazo a la habitación examinando lugares en los que pudiera haberlas guardado. Los cajoncitos del tocador, los de su mesilla de noche y los de la cómoda sufren el pillaje de mi búsqueda impaciente.

—¿Otra vez aquí? —pregunta Dolores.

Pillada in fraganti en el empeño de encontrar más pistas, no sé qué responder. Ella confunde mi desconcierto con la tristeza propia de la rememoración ante la vista de todas las pertenencias de mi madre, y se apresta a consolarme.

—Venga, mi niña. No te pongas triste, que no te conviene en tu estado. No te preocupes por todo esto, yo me encargo de recogerlo, solo me tienes que indicar qué guardo en unas cajas y en otras.

—No pasa nada, estoy bien —digo agradecida.

Ese gesto de preocupación me llega muy hondo.

En estos meses me he mantenido firme, sin querer dejarme arrastrar por sensiblerías que me llevaran al dolor de su ausencia. Gonzalo está muy pendiente de mí, pero la echo de menos. Me hubiera gustado compartir con ella instantes plenos de felicidad, como el día en que sentí por primera vez a Elenita dar señales de vida con un incesante movimiento, que yo interpreté como un angustioso retortijón hasta que fui consciente de lo que era en realidad. También, que su experiencia me sirviera de consuelo para los absurdos miedos, que sin saber cómo, me acechan por el futuro de mi embarazo o el momento del parto; que estuviera a mi lado como hasta ahora siempre había estado.

—Voy a la cocina a mover las patatas, no creo que le quede mucho al guiso.

—De acuerdo, Gonzalo estará al llegar. Recojo esto y te lo ordeno para que sepas qué hacer. Y muchas gracias por todo, Dolores, eres la mejor —digo sorprendiéndola con un tierno abrazo.

—Desde pequeña eres una zalamera de mucho cuidado —dice riendo mientras abandona el dormitorio.

Aprovecho para leer de nuevo la breve carta.

Queda claro que se conocieron en la juventud, puesto que se refiere a la muerte de la abuela; sucedió, eso sí lo sé, cuando mamá tenía dieciocho años. Lo más lógico es pensar que ese Ricardo, que por lo que dice es médico, debió de conocerla durante el único año que ella estuvo en la escuela de enfermería. En la actualidad, tanto los estudiantes de medicina como los de enfermería realizan sus prácticas en el Hospital Universitario, imagino que en aquella época sería igual; de todas maneras es algo que debería comprobar. Si era así, podrían haber coincidido temporalmente. Ese sería el comienzo de la relación entre ellos, de esa historia oculta que parece culminar con un lúgubre comunicado.

¿Cuál será «el suceso» que comenta? ¿Por qué entrecomilla la palabra «sucedido»...?

Mamá nunca se extendió hablando de aquella época, a pesar de mi insistencia en algunos momentos. Tan solo una vez, de pasada, me habló de la impresión que le causó Valladolid la primera vez que visitó la ciudad cuando vino a buscar donde alojarse. También la oí lamentarse de no haber continuado sus estudios, sobre todo cuando recriminaba a mi hermano que no pusiera interés en los libros. Yo siempre creí que se refería a la imposibilidad de continuar con su carrera, que según me contó tuvo que ver con la muerte de su madre y con verse obligada a ocuparse de mi abuelo.

Ahora que lo pienso, mamá era de hablar poco. En las comidas éramos mi hermano y yo quienes por turnos contábamos lo que habíamos hecho en el colegio. Las cenas las acaparaba mi padre. Mamá solo sonreía a unos y a otros. ¿Qué cavilaría mientras nos escuchaba?

—¡María! —grita Dolores—, Gonzalo ha llegado.

Guardo el papel en el bolsillo del pantalón y salgo hacia el comedor.

—Hola, cariño. Me dice Dolores que andas tristona.

—Tener que guardar las cosas de mamá me ha vuelto a traer recuerdos, pero nada que no pueda superar —digo guiñándole un ojo.

Gonzalo sonríe ante mi gesto porque no sabe de qué se trata; en un momento en que Dolores se da la vuelta, me pregunta qué me pasa.

—Sentaos. Voy a la cocina a por la sopera.

—Te ayudo...

—Tú quédate con tu marido.

Aún no ha salido por la puerta y le doy la carta a Gonzalo. Observo atenta sus gestos. Comienza a leerla y me la devuelve muy serio.

—No quiero hurgar en la vida de tu madre.

—¿Qué te pasa? ¿A qué viene ese pudor?

—Esa carta era para tu madre. No tienes derecho a leerla.

No puedo replicar porque Dolores aparece con la comida. ¿Qué se habrá creído? Es mi madre, mi ma-dre y tengo todo el derecho del mundo, me digo, para reafir-marme en mi decisión.

Disimulo, pero él se ha percatado de mi enfado. Ape-nas le dirijo la palabra y me centro en Dolores. Está feliz por tenernos allí y por las alabanzas que hacemos de su guiso.

En un punto de la conversación sale a relucir mi pa-dre. Anoche, antes de dormirnos, Gonzalo y yo habla-mos de él. Mi marido es partidario de contarle a papá lo que he descubierto; yo tengo mis dudas. Me pongo en su lugar y considero que bastante mal recuerdo le ha que-dado de mamá, con el escándalo que se ha montado, para añadir más leña al fuego diciéndole que cogió el dichoso avión para encontrarse con el que al parecer era su amor de juventud. Valladolid no es una capital grande y prácticamente nos conocemos todos. Además, mi padre, como director de uno de los bancos que más dinero mueve en la ciudad, está muy bien conectado con empresarios, constructores y bodegueros. Vive para las relaciones públicas, y todo esto ha supuesto un mazazo para él. No solo por el hecho de haber perdido a su esposa, sino por el alcance que ha tenido la noticia al aparecer en los periódicos. A partir de ahí, crecieron las especulaciones sobre lo que haría doña Elena —la señora de don Tomás, el del banco—, sola en un avión y camino de Nueva York.

Mi madre acompañaba a mi padre en contadas ocasiones. Todo el mundo sabía que era muy hogareña, que se desvivía por su familia. El problema estuvo, precisamente, en las numerosas interpretaciones que dieron a ese viaje con tal de responderse a una cuestión que ni para nosotros tenía respuesta y que obligó a mi padre a justificarla contando la mentira de que mi madre se había empeñado en hacer ese viaje y que él, sintiéndolo mucho, no pudo acompañarla por problemas de trabajo; de lo cual se arrepentía, porque su desafortunada decisión le impidió estar a su lado en sus últimos instantes de vida. «Igual, si yo hubiera estado en el asiento de al lado, no habría muerto», se lamentaba el día del entierro con lágrimas en los ojos ante sus amistades.

Comprendo, pero no comparto la postura que ha adoptado. No está dispuesto a admitir lo inevitable y se encierra en el mutismo para olvidar lo que nunca borrará de su memoria.

—Dolores, ¿puedo hacerte una pregunta?

—Tú dirás.

—¿Tú sabes para qué iba mamá a Nueva York?

—Yo qué voy a saber.

—No sé, como tú eras la persona que estaba más cerca de ella, con la que pasaba más horas del día.

—No tengo ni idea —responde apurada.

—¿No notaste nada extraño los días anteriores a su partida?

—No.

—¿Y cómo es posible?

—Déjalo estar, María, llevamos camino de repetir una escenita como la del otro día con tu padre —interrumpe Gonzalo.

Lo miro con rencor. No esperaba eso de él. Me sorprende y me duele que no esté conmigo en este empeño.

—Lo siento, Dolores. No quiero ser incisiva, pero...

—Te comprendo, mi niña. Ha sido muy duro para todos perderla tan joven y tan lejos.

Nos levantamos para retirar los platos de la mesa y nos encaminamos a la cocina.

Mientras preparo café, muy bajito para que Gonzalo no me oiga, le pregunto si había ocurrido algo entre mis padres, o si mi madre había recibido una llamada que la hubiera alterado, si la había visto hacer la maleta...; y a todo va respondiendo que no. Sin embargo, sus ojos me dicen lo contrario. Rehúye mi mirada, las lágrimas nublan el brillo que siempre tienen sus ojos. Entonces la abrazo; le digo que no se preocupe, que todo está bien, que voy a descubrir la razón que llevó a mi madre a abandonarnos. Me interrumpe y me dice:

—Estaba cansada de la vida que llevaba. Se apagaba día a día.

—¿Cómo puede ser eso? No noté nada.

—Cuando tu hermano o tú veníais, se esforzaba por mostrarse igual que siempre.

—¿Quieres decir que estaba deprimida?

—Nunca dijo nada. Yo la observaba vagar por la casa y se me partía el corazón. La intentaba animar, charlaba con ella, pero nada. Era como si estuviera en otro mundo.

—No sé, Dolores. Si estaba así como dices, ¿cómo fue capaz de planificar ese viaje? Desde comprar el billete hasta sacar dinero del banco...

—Tu mamá era una mujer muy fuerte, te lo digo yo.

—Lo sé. Por eso necesito conocer cuál fue el detonante, no pararé hasta que lo consiga.

—Lo que sí te puedo decir es que esa patraña que va contando tu padre para justificarla no es cierta.

—Ya lo sé. ¡Ay, Dolores! Últimamente papá me parece un extraño, y no digamos mamá. Convivimos con personas a las que creemos conocer y luego...

—¿Has hablado con tu hermano después de la bronca que tuvo con tu padre?

—No. Pero, ¿ves?, a eso me refería antes. Tienes que reconocerme que el comportamiento de papá no es muy normal.

La última cabezonería tiene que ver con las cenizas de mamá: se empeña en dejarlas en el salón, reposando sobre la chimenea. Cuando mi hermano se enteró, fue a verlo hecho un energúmeno, gritando que era un pervertido. Mi padre le dio un bofetón que mi hermano le devolvió. Si no llega a ser por Dolores, que se puso en medio, no sé hasta dónde hubieran llegado. Mi hermano se fue llorando y las cenizas de mamá continúan en el mismo lugar.

—Cuando llego por la mañana y veo las cenizas —admite Dolores—, me entra un no sé qué. No es sitio para tu madre. Comprendo que tu hermano se enfrentara a él.

Si ya se llevaban mal, después de esto no creo que vuelvan a dirigirse la palabra. Si no los separo, se matan —concluye con voz trémula.

Tomás —o Tomasito, como siempre lo han llamado—, mi hermano, no es mala persona, pero sí un vividor, como me dice Gonzalo, con el que no se lleva muy bien. La ilusión de mi padre, el hijo deseado, el futuro de la familia, tan esperado y consentido que cuando quisieron darse cuenta no tenía arreglo.

Mamá se empeñaba en hacer carrera de él sin lograrlo.

En el colegio iba mal. Los profesores decían que lo mismo que tenía de inteligente lo tenía de vago. Hacía pellas, faltaba al respeto, se metía en peleas, lo expulsaban con frecuencia y mi madre se lo ocultaba a mi padre por miedo a que hiciera algo de lo que luego se arrepintiera. Sin embargo, ella no se rendía. Por nuestra casa pasaron profesores particulares de todas las materias, que, hartos del comportamiento de Tomasito, abandonaban en un plazo que oscilaba entre quince días y un mes. En verano, mi madre lo matriculaba en academias de recuperación, donde no se dignaba a poner los pies. Así, año tras año. Su cuerpo crecía a la vez que sus suspensos, y cuando alcanzó el metro noventa, con dieciséis años, ella se dio por vencida y se desentendió de él. No podía más.

Voces altisonantes, gritos y enfados de todas clases presidieron la adolescencia y juventud de mi hermano, y no cesaron hasta que mi padre lo echó de casa nada más cumplir los dieciocho. Mamá, desolada, le suplicó que no lo hiciera, temía perder a su hijo para siempre. Mi hermano, orgulloso, se marchó con la cabeza bien alta, dando un terrible portazo.

Sin nadie que lo apoyase, vagando de un lado a otro, viviendo en casa de amigos con los que terminaba peleado, encontró en las drogas la solución a su propio malestar.

Mamá, a escondidas, le suministraba dinero sin ser consciente del mal uso que Tomás hacía de él. En realidad yo era la única que conocía su problema y su mala vida. Mi incapacidad para prestarle ayuda, por más que lo intentaba, con los pocos medios que tenía a mi alcance, determinó que confesara a mi madre el calvario por el que pasaba su hijo. Tomás se enfadó conmigo por lo que había hecho; sin embargo, siempre pensé que, en el fondo, me lo agradeció, porque ya no disponía de ningún asidero al que agarrarse.

Con el tiempo, mamá logró que Tomás fuera a un centro de desintoxicación. No consiguió desengancharse por completo, pero lo suficiente para trabajar de repartidor de pizzas. Con el paso de los años se fue aplacando su furia. Obligado por mamá, que pretendía a toda costa que regresara a casa, hizo varios ensayos de acercamiento a mi padre que culminaron, tras nuestra mediación, en la relación paternofilial fría, distante y complicada que aún mantienen.

Mi hermano lleva el pelo largo, recogido en una cola de caballo, y viste con vaqueros rotos y camisetas desteñidas. Lo opuesto a mi padre. Por eso cuando lo ve con esa indumentaria se enfada, se descompone, y termina rechazándolo; justo lo que mi hermano pretende para seguir manteniendo esa permanente y victimista postura del hijo no querido.

La incompatibilidad entre ambos es total.

No consiguen permanecer ni diez minutos juntos en la misma habitación sin insultarse. En el fondo, son iguales. El orgullo preside sus vidas, les impide alcanzar una reconciliación. Ni siquiera se abrazaron cuando se reencontraron por la muerte de mamá. Los dos, hieráticos, uno al lado del otro, sin rozarse durante aquella larga misa.

Él es el producto de unos anhelos no cumplidos, de unas esperanzas rotas y de unas expectativas nunca cubiertas, sin que haya tenido nada que ver en ello.

¡Qué complicados son los padres!

Papá deseaba un digno sucesor de su hacienda, de sus costumbres, de su apellido, y para ello debía ser igual que él, hablar como él, tener los mismos gustos y, a ser posible, vestir con su piel. Pero, por más que lo intentó, topó contra un muro. Tras ello vinieron la desesperación y la intolerancia; el enfrentamiento y la exclusión. Si no era como él, lo mejor era apartarlo.

En mí, papá encontró una fiel aliada, la niña de sus ojos. Mi manera de ser, extravertida y dócil, me proporcionó una tranquila y agradable estancia en la casa familiar. Siempre dispuesta a complacer, lo mismo recitaba una poesía que salía con una canción o un baile delante de sus amistades, sin pudor alguno. Muy dada a exhibir demostraciones de cariño, las fomentaba con mi padre. Me gustaba refugiarme entre sus brazos, en los que olía a ropa limpia, sentarme en sus piernas a disfrutar de las historias que me contaba mientras esperábamos la cena. Todas las noches me llevaba a la cama y esperaba hasta que me vencía el sueño. Mi madre observaba nuestro comportamiento, callaba y sonreía.

Recuerdo la última vez, no sé qué edad tendría exactamente, que al llegar al dormitorio me lanzó sobre la cama y me anunció que había crecido tanto que la próxima vez sería yo quien lo llevara a él. Durante un rato reímos de la ocurrencia y, tras desearme buenas noches, me besó, como siempre, y me dijo: «Te has convertido en una preciosa mujer.»

Cuando cerré los ojos sentí cómo me elevaba hasta la cumbre más alta de la Tierra. Si tuviera que ponerle palabras a la felicidad, sin duda aquellas me la proporcionaron. Que tu padre te exprese que eres una preciosa mujer es un excelente refuerzo para la resquebrajada autoestima que suele dominar los revoltosos años de la adolescencia.

El recuerdo se desvanece cuando Dolores me avisa de que el café ya está listo; la cálida sensación me acompaña hasta que concluye la sobremesa.

Bajamos las escaleras y al llegar al portal le recrimino a Gonzalo su actitud respecto a mi investigación. Quiero que me explique qué ve de malo en lo que estoy haciendo, o más bien en lo que pretendo descubrir, pues hasta ahora no he conseguido más que hilvanar una serie de evocaciones tomadas de aquí y de allá, con unas pocas palabras escritas.

—No te entiendo, Gonzalo. Desde un principio compartí contigo mis intenciones. No sé de qué manera podría hacerlo si no es buscando claves que ayuden a desenmarañar este disparate.

—Lo sé, pero me he sentido mal leyendo interioridades de la vida de tu madre.

—¿Y crees que a mí me gusta?

—Parece que sí. Podrías dejarlo estar. Cerrar la puerta de una vez. Como si hubiera muerto de un infarto pero en su cama.

—Para nuestra desgracia, no fue así.

—Mira a tu padre; él no se hace preguntas.

—¿Y no te extraña? ¿Y si él sabe más de lo que dice? ¿Y si es la causa de que mamá se fuera?

—¡Basta de preguntas, María! De verdad que no acabo de entender qué pretendes con descubrir la verdad, como tú dices —me grita.

Es la segunda vez desde que nos conocemos que me trata de esta manera. Una de las cosas que más me atemorizaba de pequeña eran los gritos de mi padre a mi hermano, y de pasada a mi madre, que siempre lo defendía. No lo soporto y él lo sabe.

En silencio lo miro. Parpadeo ocultando la humedad de mis ojos, doy media vuelta y me marcho. No quiero continuar por una senda que me llevaría al dolor de la incomprensión, de planteamientos irresolubles que vendrían a complicar aún más mi existencia. No es el momento de hablar.

V

El paseo me tranquiliza. El suave viento que se ha levantado se lleva mi mal humor. Alguna razón debe de tener Gonzalo para actuar de la manera en que lo ha hecho, me digo. Estoy arrepentida de haberle dejado con la palabra en la boca; en el fondo pensaba que no me dejaría marchar. Cuando regrese, esta noche, me sentaré con él y pondremos todo encima de la mesa. No quiero malentendidos que perjudiquen nuestra relación. Cada vez estoy más convencida de que no sirve de nada guardarse las cosas para uno mismo. A lo mejor, si mamá nos hubiera hablado de su vida, de todo lo que pasaba por su cabeza, se habría sentido más comprendida, incluso podríamos haberla ayudado.

Lo primero que hago al llegar a casa es encender el ordenador y después apunto con detalle en el cuaderno lo que he averiguado. Trato de darle forma coherente a fin de que el *e-mail* que escriba al investigador lo ayude en su misión de encontrar a Ricardo.

Ricardo merece saber que Elena ha fallecido y en qué circunstancias. Debe dejar de enviar cartas ahora que mamá ya no está para recibirlas. En el momento actual, cualquier misiva o postal que pudiera llegar provocaría que papá se enterara de la verdad.

Escribo a Javier y después me tumbo en el sofá. Elenita tiene una tarde revoltosa, se mueve sin parar, no parece encontrarse cómoda. Eso me provoca una extraña sensación de invasión interior; imagino que en pocos segundos se abrirá paso, a través de mi ombligo, un *alien* hacia fuera.

El sonido del móvil me saca de la terrorífica sensación.

—Hola, Javier. Te acabo de escribir.

—Por eso te llamo. No creo que me sea difícil dar con la agencia en la que tu madre sacó el billete. Comenzaré por las más cercanas a tu casa. ¿Podrías enviarme una foto de ella, lo más actual posible?

—La busco y te la mando.

—Así que Ricardo es médico, con eso no es que hayamos avanzado mucho, pero por lo menos limitaremos la ciudad de Nueva York a médicos españoles.

—Ya lo tienes mucho más fácil. —Río.

—Qué pena que no hayas encontrado la carta entera, porque seguro que ahí estaba la clave. Tampoco entiendo por qué a tu abuelo no le gustaba la relación que mantenían.

—Quizá cuando pueda hablar con mi prima, me lo explique.

—Sí. Tu familia debe de saberlo. Bueno, por ahora me centraré en lo que conocemos; no es mucho, pero suficiente para comenzar.

—Otra cosa que me trae de cabeza es lo que dice sobre «lo sucedido».

—Elucubrar no te llevará a nada, lo más seguro es que te equivoques —dice para serenarme—. Vayamos paso a paso.

—Gracias, Javier. Estaremos en contacto —me despido.

Me acurruco satisfecha y continúo mirando la carta sin leerla. Me reconforta sostener ese pedacito de historia que va tomando forma bajo el inconfundible sello de la incomprensión.

—¡Despierta! ¡Despierta, María!

Desorientada por la voz de Gonzalo, que se ha metido en mi sueño, levanto los párpados. Lo veo mover la boca, zarandear mi cuerpo, y no soy capaz de reaccionar. Vuelvo a cerrar los ojos y hago un esfuerzo por despertarme. Entonces le oigo decir que mi hermano está al teléfono.

Me incorporo y la carta cae al suelo.

—Hola, hermanito, me has pillado durmiendo. No sé ni qué hora es —digo mientras busco el reloj de pared—. ¡Qué barbaridad! Si son las ocho.

—Te has echado una buena siesta.

—Eso parece. Hoy he ido a casa de mamá para arreglar su ropa, y Dolores nos invitó a comer, ya sabes lo exagerada que es.

—¿Cómo está?

—Bien. Extraña mucho a mamá. La he notado más envejecida. Me ha contado el broncazo que tuvisteis papá y tú. No tienes arreglo.

—Hermana, escúchame, por favor. No te enfades conmigo, no tengo culpa de que nuestro padre sea un...

—Los dos sois iguales. No os tenéis ningún respeto.

—Vamos a dejarlo, no me apetece hablar de él. Cuéntame cómo está mi sobrina.

—¿Cómo te has enterado?

—Se lo contaste a Raquel cuando la viste en El Corte Inglés, el mismo día que el médico te lo dijo.

Mi hermano conoció a Raquel cuando entró a trabajar de camarera en la misma discoteca en la que él se encargaba de pinchar la música. Es una chica cariñosa, amable y muy prudente. Se enamoraron y se fueron a vivir juntos, desde entonces está más centrado. En la música encontró su sitio. Tras una carrera meteórica, se ha convertido en un famoso *disc jockey.* Cualquier sarao en que se anuncie su presencia tiene el éxito asegurado.

—Ah, es verdad. Lo olvidé. Oye, siguiendo con lo de antes, si dejaras que las cosas se calmaran durante un tiempo, papá podría decidir qué hacer con las cenizas. ¿No te parece?

—Vamos a ver, es nuestra madre, por lo tanto también hemos de opinar, ¿no es así?

—Por supuesto. No se lo tengas muy en cuenta. A papá le ha dado por ahí, pero seguro que dentro de unos días cambiará de opinión. Mucha gente tiene las cenizas en su casa hasta que consigue superar la muerte —digo para restar importancia al asunto.

—Pues a mí eso me parece macabro, y en el viejo no tiene razón de ser. Como tú y yo sabemos, no sentía una gran devoción hacia su esposa. A lo mejor lo que quiere es expiar sus culpas.

—Eres insufrible, Tomás.

—Soy real. No como tú, que vives en un permanente cuento de hadas. Nunca te has preocupado de enterarte cómo es realmente..., como eres su preferida...

Mi furia crece por momentos. ¿Qué se habrá creído ese niñato consentido? Respiro hondo un par de veces.

—Tomás, no pretendo discutir contigo, y aún menos sacar a relucir de nuevo esos celos tontos que siempre has tenido. Además, no quiero malos rollos. Elenita se pone nerviosa y es como si una peonza bailara dentro de mi barriga.

—¿La vas a llamar Elena?

—Sí. ¿Te parece mal?

—En absoluto. Creo que es el mejor nombre que le podías dar. ¡Qué pena que no vaya a conocer a su abuela!

—Menos mal. A papá no le gustó demasiado cuando se lo dije.

—¿Ves como llevo razón? Es insoportable. Y te voy a decir algo más: tengo la impresión de que mamá se fue por no aguantarlo.

Esa confesión de mi hermano me deja intranquila. Quizá él sepa más que yo de lo que mamá tenía en mente. Por un instante me entran ganas de comentarle lo de Ricardo. Es más, posiblemente me sintiera más apoyada si él estuviera conmigo en este peregrinar. Lo rechazo de inmediato, no es buena idea. Aún no es el momento de sacarlo a la luz.

—No conocerá a su abuela, pero le hablaremos de ella. No dejaremos que crezca sin saber quién era —digo haciendo como si no hubiera oído lo que ha dicho de mi madre.

—¿Sabes? —dice cambiando el tono de su voz—, no te puedes hacer una idea de lo mucho que la echo de menos. Me he dado cuenta de que era una mujer especial y de que me quiso muchísimo. Los recuerdos que tengo con ella son los únicos felices de mi infancia.

—Tarde.

—¿Tarde?

—Tarde te has dado cuenta de ello. Mamá hizo por ti todo lo que estaba en sus manos y hasta lo imposible, pero tú no te dejabas.

—Lo sé.

—Por lo menos, que te sirva para que de una vez por todas reconozcas que tu familia no está contra ti.

—¿Seguro? —pregunta riendo.

—Bueno, parte de tu familia. Tomás, yo también te necesito. Eres mi único hermano. No huyas de mí.

—Tú tienes a Gonzalo, que es un chico excelente aunque a mí no me pueda ver, y a papá. Él nunca te echará de su lado como hizo conmigo. Además, pronto tendrás a una Elenita que no te dejará ni respirar.

—No empieces de nuevo. Quiero que formes parte de nosotros. Raquel y tú también disfrutaréis de la niña.

—Eso espero. Bueno, te dejo, la sensiblería no va conmigo.

Reímos.

—Me gusta cuando te pones así. Venid a cenar un día de estos. ¿De acuerdo?

—Hecho. Raquel estará encantada.

—¿Y tú?

—Y yo también. Un beso.

En el fondo es un buenazo. Mantener esa imagen de chico duro para no caer en su propio descrédito debe de ser agotador. ¡Tanto rencor acumulado! Supongo que cuando le diga que será el padrino de Elenita, se convencerá de que de verdad lo quiero y confío en él.

Gonzalo aparece por la salita con una copa de tinto en la mano, algo infrecuente en él. Se sienta frente a mí y me observa. Lo desafío no apartando mi mirada, mientras me recreo en sus facciones. ¡Cada día está más guapo! Da un gran sorbo y deja la copa sobre la mesa. Suspira y vuelve a mirarme con fijeza. «Lo que daría por un cigarrillo que me tranquilizara y me hiciera más fácil iniciar la conversación», pienso mientras me acaricio la barriga. En algo tengo que entretener las manos. De pronto, como si pudiera observarme a mí misma desde fuera, me veo hablando muy deprisa, explicándole que me quedé dormida y que estaba soñando cuando él me despertó.

—Así que estabas soñando.

—Sí. Soñaba que tú y yo escalábamos una montaña nevada. Tenía las manos congeladas y eso dificultaba mi agarre a la cuerda. Conseguíamos avanzar muy poco. Estaba agotada y me dejé vencer por el sueño. Entonces oí tu voz diciendo que me despertara.

—Por lo que has tardado en espabilarte, parece que has dormido en profundidad.

—Las patatas de Dolores. Creo que comí demasiado, pero estaban tan buenas...

—Y el sofocón —dice con una media sonrisa que me parte el corazón.

—Lo siento, cariño. No creí que darías tanta importancia a lo que te dije.

Me levanto y me siento a su lado. Le pido que me abrace. Lo hace con tanto amor que llevada de la emoción me pongo a llorar.

—Tranquila, cariño —dice sin dejar de mecerme entre sus brazos.

Me seca las lágrimas con sus besos. Besos tiernos que se convierten en ardiente pasión cuando nuestras lenguas se descubren. Sabe a roble y a grosella.

Siento su mano subir hasta mi entrepierna y me abro ante su serpenteante juego. Sin dejar de tocarme, susurra sin cesar que me quiere. La calidez de su aliento en mi oído me provoca un escalofrío que atraviesa mi espalda, me eriza el vello.

Me siento a horcajadas sobre él; nos acoplamos en un suave y rítmico movimiento; nos dejamos llevar por el placentero goce de nuestra unión. Después, durante un buen rato, compartimos abrazados ese mágico momento.

Elenita, inmóvil hasta ese momento, inicia un suave pataleo; como queriendo hacerse notar. Tal como estamos ahora, los tres somos uno. Sonrío.

De pronto, asalta mi espacio mental la mención de Dolores sobre el primer embarazo de mamá. No me contó nada de cómo se sentía ella cuando iba a nacer yo. ¿Me querría tanto como yo quiero a mi niñita?

—Gonzalo, tenemos que hablar —digo antes de encaminar mis pasos hacia el baño.

—De acuerdo. Vamos a preparar algo de cena y mientras hablamos.

Hay momentos que nos superan y este ha sido uno de ellos. En realidad no me apetece nada hablar de lo ocurrido después del encuentro amoroso. Tengo miedo de que nuestro desacuerdo borre de un plumazo la fantástica sensación que nos ha inundado.

Si algo tengo claro, y más a la vista de lo que le aconteció a mamá, es que de nada sirve aplazar lo irremediable. Dejar en el camino conflictos sin resolver es un lastre para cualquier relación. Sacar las cosas a la luz es doloroso, pero mucho menos que darte cuenta, con el tiempo, de que tu vida de pareja, de familia, es una farsa.

Atento a mi trajín mental, Gonzalo me pregunta qué pienso. Unos instantes de silencio, en los que intento ordenar mi discurso y paso a explicarle la sensación tan desagradable que tuve cuando me advirtió de que dejara en paz la vida de mi madre. Fue como si estuviera perdida en el desierto después de que el guía me abandonara a mi suerte.

—Lo siento mucho, María. No era mi intención.

—Seguro que tienes tus motivos.

—Yo quería mucho a tu madre porque me dio afecto y ternura. Era muy especial, y leer aquello...

—Te comprendo.

—No sé, para mí tu madre era lo más, y enterarme de cosas de su vida, de que se marchó para encontrarse con otro hombre...

—A veces subimos a las personas a un pedestal como si fueran santos cuando no son más que humanos, con más defectos que virtudes. Nunca pensé que mamá fuera una santa, aunque a ti te lo pareciera. Para mí era la mejor porque era mi madre, pero imagino que como todos nosotros era una mujer normal y corriente. Descubrir que guardaba secretos no la hace ni mejor ni peor, Gonzalo. Era como era, y como tal hemos de aceptarla, aunque nos cueste. La tenías idealizada, y su imagen se te ha roto en mil pedazos. ¿Crees que a mí no me pasa igual?

—¿Entonces?

—Necesito estar al corriente de su vida; solo de esa manera podré comprender lo que hizo y perdonarla. Y tú debes hacer lo mismo.

Unos instantes de silencio; coge mis manos y me dice que quizá lleve razón, que sigamos adelante.

Ese «sigamos adelante» me llena de paz. Indagar hasta hallar indicios de la auténtica verdad será más llevadero en su compañía.

Tras la cena, Gonzalo introduce en el DVD *El diario de Noah*. La mejor manera de concluir el día. La habremos visto unas mil veces. Me acurruco en su pecho y siento el latido de su corazón. Me incomoda la barriga y noto las piernas hinchadas. Le digo que, como siga así, cuando esté al final del embarazo van a parecer las de un elefante. Gonzalo ríe, me besa y se levanta a buscar un puf, sobre el que me coloca las piernas.

—¿Mejor?

—Perfecto.

La película transcurre mientras damos cuenta de un bol lleno de palomitas que ha preparado sostenido en un inestable equilibrio sobre mi tripa. Contemplamos extasiados el beso que se dan los protagonistas, cuando el ring del teléfono viene a romper este idílico momento. Gonzalo alarga la mano y descuelga. Pregunta quién es mientras pulso el botón de pausa en el mando a distancia para no perdernos ni un fotograma. En la pantalla del televisor quedan estáticos estos atractivos actores jóvenes y mojados, que se besan con pasión. Lo miro con cara de asombro y me pasa el auricular.

—Tu prima Matilde.

VI

El suave tictac del reloj se convierte en un ruido insoportable en el silencio de la noche. Las seis de la mañana y no he pegado ojo. Palpo la superficie de la mesilla hasta dar con las redondeadas formas del despertador y lo guardo en el cajón para aminorar su cansino sonido, que me está volviendo loca.

Por el balcón entornado entra aire fresco. El otoño irrumpió sin fuerza. Estamos en octubre, apenas ha llovido y disfrutamos de temperaturas suaves para la época.

Gonzalo duerme como un bendito a pesar de mi movimiento incesante, que balancea la cama como un barco en alta mar durante una tempestad.

Hace casi un mes que recibí la llamada de mi prima Matilde. Su hija la avisó de que la andaba buscando. Hubiera sido preferible reunirnos cuanto antes, pero ella seguía en Barcelona y demoramos el encuentro.

Con el paso de los días, el interés se acrecentó. No hacía más que dar vueltas al modo en que abordaría el tema. La última vez que la vi fue en el funeral de mamá. Nos dimos el abrazo y los besos de rigor, nos preguntamos por la salud y las respectivas familias, como manda la buena educación; eso sí, sin demasiada afectividad. En realidad, sin ninguna afectividad.

Intento hacer memoria de las veces que hemos coincidido, no creo que hayan sido más de tres o cuatro en toda nuestra vida.

El tono de su voz en la conversación telefónica dejaba constancia de una ligera extrañeza ante mi visita. Le di a entender que la prematura muerte de mamá había dejado en mí demasiados huecos, que necesitaba conocer más de su vida, detalles de su infancia y juventud, que solo ella podía darme. Matilde se mostró interesada ante mi propuesta, y para mi sorpresa nos invitó a pasar unos días en su casa, cuando estuviera de regreso. Se lo agradecí y rehusé poniendo como excusa cuestiones de trabajo; seguro que habría más oportunidades, insistí.

Quedamos en ir hoy, domingo.

Justo me estaba quedando adormilada cuando oigo tronar la cascada alarma del despertador, que parece venir de ultratumba. No soy capaz de orientarme. El estado de duermevela no me permite recordar qué hice con el reloj.

Gonzalo me toca suavemente en el brazo, levanto los párpados tomando conciencia de mi situación. Entonces, de manera automática, abro el cajón y con desgana paro la alarma del reloj.

—¿Has castigado al despertador?

—Sí, cariño. No he pegado ojo, toda la noche pensando en la cita con Matilde.

—¿Estás segura de que quieres ir?

—No.

—¿No quieres ir o no estás segura?

—Debo ir, aunque no estoy segura de cómo saldrá.

—Tómalo con calma. Te quiero —dice besándome—. Me voy al baño. Descansa hasta que termine.

Me doy la vuelta y cierro los ojos. Al poco, el ruido de la ducha me espabila. Lo imagino desnudo, el agua resbalando por su piel tersa, y siento un gran deseo de estar con él. Me levanto, sin hacer ruido me desnudo en el baño y asomo la cara por la mampara. Gonzalo me guiña un ojo y dice que pase. La barriga se interpone entre nosotros. Reímos y nos besamos con dificultad. La alegría que siente de tenerme entre sus brazos se manifiesta sin pudor. Me giro, apoyo mi espalda sobre su pecho; de esa manera comparte su excitación conmigo. Durante un buen rato el agua corre por nuestros ardientes cuerpos, se mezcla con los fluidos, y se lleva por el desagüe los últimos gemidos.

Me relajo en sus brazos. Las preocupaciones de la noche dan paso al placer de un nuevo día. Ahora, todo parece más fácil.

Poco después de las nueve de la mañana nos ponemos en marcha. La música de Coldplay nos acompaña durante los pocos kilómetros que nos separan de Medina. En silencio, perfilo un esquema del guion que he de representar. No quiero meter la pata. Mi marido me deja deleitarme en ese monólogo interior hasta que considera que ya es bastante ensimismamiento.

—¿Has hablado recientemente con Javier?

—No. Lo último que supe de él fue cuando me llamó para decirme que, efectivamente, pudieron coincidir haciendo las prácticas en el mismo hospital, y que también había averiguado que mamá compró el billete en la agencia de viajes de El Corte Inglés y que le habían buscado alojamiento para un mes en un pequeño hotel.

—Eso ya me lo contaste. Por cierto, ¿te dijo si tenía billete de vuelta?

—No lo compró.

—De todas maneras, si solo tenía reserva para un mes, en algún momento pensaría regresar.

—La teoría de Javier es que ese es el plazo que seguramente se dio para localizar a Ricardo. Después, lo lógico es pensar que todo dependería de cómo fuera el encuentro. Ahora tiene a un conocido que vive allí, investigando sobre el terreno para dar con el paradero del médico.

Pocos coches circulan por la carretera esta mañana y Gonzalo, que gusta de pisar el acelerador, pone el coche a ciento treinta. Toco su brazo para que se dé cuenta y levanta el pie.

Gonzalo conduce muy bien. Su gran pasión son los coches. Cuando lo conocí acababa de regresar de Madrid, donde había terminado la carrera de Ingeniería Industrial. Tenía una oferta de trabajo para la fábrica que la Mercedes-Benz posee en Vitoria. Tras conocernos, decidió establecerse en Valladolid. Entró a trabajar en la fábrica de neumáticos Michelin, donde continúa, y pertenece al Real Club Automóvil de Castilla. Desde que nos casamos ya hemos tenido dos coches, y seguro que con la excusa del nacimiento de Elenita, querrá que cambiemos a uno más amplio.

Recostada en el asiento miro el ondulante paisaje desde la ventanilla. Se ha levantado viento, al fondo unas nubes negras amenazan con aguarnos el día. Las tierras baldías, en esta época del año, están salpicadas de charcas a las que el ganado se acerca a beber. Cierta inquietud en la boca del estómago me mantiene alerta. Ya falta poco para que lleguemos.

—Háblame de la familia de tu madre, nunca he sabido mucho de ella.

—No me sorprende, la familia era un tema tabú. No existía una clara prohibición de hablar de ella, pero nunca salía el tema. No recuerdo haber tenido contacto continuado con ninguno de ellos, excepto con mi tía María.

—¿Y tu tía Concha?

—Esa era hermana de papá, se mudó cerca de nosotros al morir la abuela. Matilde, a la que vamos a visitar, es la hija pequeña de mi tía Carmen, la hermana mayor de mamá. No sé su edad exacta, debe de rondar los cuarenta; la única de la familia que queda en el pueblo desde que murió su madre. Mi tía Pilar, la segunda de las hermanas de mi madre, no tuvo hijos; falleció seis meses después que su hermana Carmen. La tercera es María, mi madrina, a esa la conoces...

—Sí, claro, recuerdo que vino a nuestra boda. Vive en Zamora, ¿no?

—Sí. Al casarse con el tío Mateo se mudaron a esa ciudad, porque el tío era de allí. Me apena lo poco que nos hemos tratado.

—¿De qué murieron tus tías?

—Pues no lo sé. También murieron jóvenes como mamá. No me acuerdo nada de ellas, tan solo tengo algún recuerdo jugando con mi madrina al parchís y a la oca; siempre me dejaba ganar. Fue ella quien me enseñó a jugar a las damas. Ella y mamá son calcos de la abuela, a la que solo conozco por retratos antiguos que vi por casa: el óvalo facial triangular muy marcado, ojos grandes y oscuros, nariz griega y poca estatura.

—Si es así, tú también te pareces a tu abuela, porque eres idéntica a tu madre.

—¿Qué dices? Siempre me han dicho todos que me parezco a mi padre.

—¿De qué hablas? ¿No te das cuenta de que te acabas de describir? Así de guapa eres tú, aunque mejorada en la estatura por herencia paterna.

—Eres el primero que me lo dice.

Mamá era una mujer muy guapa. Dueña de una belleza serena que hacía volverse a la gente cuando pasaba a su lado, y que acentuaba con el recogido de su pelo negro y el rojo de sus labios.

Un nudo en la garganta me impide continuar hablando. No me acabo de convencer de que nunca la volveré a ver, que sus suaves manos no me acariciarán, ni sus rojos labios dejarán su mancha de carmín en mi mejilla. Parece como si el día menos pensado ella fuera a regresar sin avisar, sin aspavientos, silenciosa, igual que se fue.

—¿Y de tu abuelo...? —continúa Gonzalo al notar mi silencio y mis ojos vidriosos.

Me repongo al ver que sigue echándome capotes. Es excepcional. Lo quiero. Debería decírselo más a menudo.

—Poca cosa. Espero que mi prima me hable de él.

—¿Vamos bien por aquí? —pregunta una vez que nos hemos adentrado en Medina del Campo.

—No tengo ni idea, pero eso es lo que dice el GPS. Sigue recto, con cuidado, porque después del semáforo tienes que torcer a la derecha y luego al fondo y a la izquierda. Estoy nerviosa, me sudan las manos.

—Tranquila, cariño. Pasaremos un buen día —dice cogiendo mi mano húmeda.

—Eso espero. Mira, esta es la calle. Busquemos el número quince.

La voz del GPS avisando de que hemos llegado a nuestro destino nos sorprende, parece que los números han cambiado. Delante tenemos una casa típica de pueblo de dos plantas, con paredes de piedra y zócalo encalado. Aparcamos y Gonzalo me ayuda a bajar del coche.

—Cada día estás más guapa. Lo bien que te sienta el embarazo.

No sabe qué hacer para darme ánimos.

Toco a la puerta con la aldaba y al poco aparece mi prima con un viejo delantal; algo despeinada, pero con una gran sonrisa que me infunde ánimos.

—Bienvenidos. No os quedéis en la puerta. Pasad, por favor.

—Matilde, este es Gonzalo, mi marido. Creo que no os conocíais.

—Encantado.

—Igualmente —dice Matilde—. María, se te ve muy gordita. ¿De cuánto estás? —pregunta a la vez que toca la barriga.

—De poco más de seis meses. En este último, la niña ha crecido bastante.

—¡Una niña! —exclama—. ¿Es lo que querías?

—Nos daba igual. Después del aborto del año pasado, lo único que nos importa es que siga adelante y bien. Aunque tengo que reconocer que cuando el ginecólogo nos confirmó que era una niña, me hizo mucha ilusión.

—Y a mí también. La llamaremos Elena —dice orgulloso Gonzalo, como forma de intervenir en la conversación.

—Como su abuela.

—Exacto —digo sonriendo.

—Perdonad que os deje solos un momento, mientras hago café. Poneos cómodos.

Nos ha llevado hasta el salón, una habitación grande y destartalada. En una de las paredes hay un sofá ajado, tapizado con tela estampada de flores, y delante de él una mesa rectangular rodeada de sillas. Un antiguo aparador, seguro que heredado, preside la pared del fondo; sobre él, un gran cuadro con motivos de caza. Descorro la cortina de la ventana y miro a través del cristal. Por la estrecha calle unos niños juegan, despreocupados, a pillarse. Los gritos enardecidos cuando son atrapados atraviesan los gruesos muros. Gonzalo se levanta y pregunta qué ocurre.

—Niños jugando al pillapilla. ¿Te imaginas cuando Elenita esté así de mayor?

—Todavía quedan unos pocos años.

—El tiempo pasa tan rápido... Al ver a estos niños he recordado cuando jugábamos a esto mismo en el recreo. En el patio del colegio no tenías dónde esconderte, entonces subíamos por las escaleras a la primera planta, donde estaban las clases de los mayores, y allí nos escondíamos. Cuando la que nos pillaba era una monja, el castigo estaba asegurado, pero merecía la pena arriesgarse. Tengo unas ganas enormes de conocer a Elenita. ¿A quién crees que se parecerá?

—A mí, por supuesto, soy el guapo de la familia.

Pocos minutos después, Matilde vuelve con la cafetera, las tazas y un plato cargado de dulces, todo muy bien colocado en una gran bandeja de plata que no ha sido abrillantada desde hace mucho tiempo.

—Espero que te sigan gustando las cocadas —dice mientras coloca el plato delante de mí.

Yo, sin poder controlarme, echo mano a una de ellas.

—Muchísimo. Están exquisitas.

—Son del Horno de San José. Las mejores. De pequeña te gustaban a rabiar.

—¿Sí? No me acuerdo.

—¿Cómo que no? Te llevaba de la mano hasta el horno y allí tú escogías la que más te gustaba, siempre la más tostada —dice riendo.

—¿Eso cuándo fue?

—Cuando el abuelo enfermó, se empecinó en que tu madre lo cuidara. Tía Pilar se ofreció, no tenía hijos y era la que menos estropicio ocasionaba en su casa si se venía al pueblo; pero no hubo manera de convencerlo, quería a su lado nada más que a su hija Elena. Cuando se lo dijeron, al contrario de lo que todos pensaban, tu mamá aceptó y te trajo con ella. Tu hermano se quedó con tu padre en Valladolid porque ya iba al colegio.

—¿Qué edad tendría yo?

—Supongo que... —Calcula durante unos instantes— unos cinco años, porque nos llevamos doce y coincidió con la muerte del abuelo que yo me ennovié con el Julián; entonces yo tenía... diecisiete. Eras muy pequeña, no es extraño que no te acuerdes. Te sacaba a pasear y saltábamos a la comba.

Al decir lo de la comba viene a mi memoria un patio de tierra rodeado de macetones con plantas de hojas verdes y un sonido de cascabeles.

—¡Dios mío! No me había vuelto a acordar de cuando jugaba a saltar.

—Te encantaba hacerlo. Aunque eras muy pequeña y casi no podías con la cuerda, tu constancia era infinita.

Me tuviste horas y horas de pie. Yo saltaba y tú lo intentabas.

—Y ahora que es mayor, sigue igual. Como se le meta algo entre ceja y ceja, no para hasta conseguirlo —dice Gonzalo riendo.

—Cuando me has nombrado la cuerda he recordado un patio de tierra y sonido de cascabeles, ¿por qué?

—El patio debe de ser el de la casa de los abuelos, y la cuerda terminaba en una especie de mango de madera con un sonajero que contenía pequeños cascabeles que hacías sonar sin parar. La comba era de tu madre, la encontramos en el sobrado de la casa.

—Háblame de los abuelos —le pido mientras cojo otra cocada.

—Todo lo que sé de ellos es por mi madre. A la abuela no la conocí y era una muchachita cuando murió el abuelo, y con él mantuve poco contacto. El abuelo Lucas era muy especial, según cuentan era un hombre de mucho carácter. También su padre lo fue. Durante la guerra se alistó con las tropas franquistas, y pronto adquirió fama por lo mal que se portó con algunas familias del pueblo que habían destacado durante la República. Mandó a muchos a la cárcel y, según cuentan, a más de los que debía al paredón. A los que sobrevivieron les hizo la vida imposible, muchos prefirieron abandonar el pueblo. Hay vecinos que me tienen retirado el saludo por ese motivo; y más ahora, con lo que hay liado con la memoria histórica.

—O sea, nuestro abuelo era un fascista de los pies a la cabeza.

—Se hacía siempre lo que él ordenaba. Nadie se atrevía a contradecirlo, ni siquiera la abuela Matilde. Le gustaba alardear en el casino de que las mujeres no servían más que para atender las necesidades de los hombres. Después de la guerra se casó con la abuela. Él, un hombre curtido por los años y las circunstancias; ella, una jovencita que apenas había comenzado a vivir. Tenía una gran hacienda y muchos obreros a su cargo, a los que manejaba con mano firme. El abuelo controlaba todo y a todos. Su mujer y sus hijas obedecían para no enfrentarse; tenía muy malas pulgas cuando se enfadaba y más de una vez les aplicó la vara.

—¿La vara?

—Sí, las azotaba en el culo con una vara de abedul siempre preparada al lado del sillón en el que solía sentarse.

—¡Por Dios, qué barbaridad! —protesta Gonzalo.

—Hablamos de otros años, de otra época. La modernidad nunca entró en esa casa.

—Las pobres estarían espantadas ante ese comportamiento.

—Nadie le rechistaba. Ya había cumplido los cincuenta años cuando nació tu madre, y no le sentó muy bien tener otra hija. Esperaba que ese último embarazo de la abuela fuese un varón. En cuanto sus hijas se convirtieron en mocitas casaderas propició sus matrimonios, que ellas aceptaron gustosas para librarse del opresivo ambiente que reinaba en la casa.

—¡Qué vida más dura! —exclamo.

—Si lo juzgamos con la manera de vivir que ahora tenemos, desde luego que sí. Por entonces, aquello era bastante habitual —puntualiza Matilde—, por lo menos en los pueblos, donde aún mandaban la tradición y este tipo de hombres.

Gonzalo nos mira sin pestañear y con cara de resignación. Sabe que terminará afectándome. Una extraña sensación se apodera de mí, mezcla de aflicción y cólera por la injusta manera en que la vida trató a mi madre. Primero, un padre déspota y abusivo; luego, un marido intolerante, poco comprensivo. Indagar en el pasado no está siendo agradable. Conocer la realidad de tus ascendientes y saber que su sangre corre por tus venas es desolador. Todo esto no estaría sucediendo si mamá hubiera muerto en su cama. No habría preguntas que responder ni pesquisa que llevar a cabo. Me asusta lo que pueda encontrarme.

—¿A qué edad murió?

—El abuelo acababa de cumplir los ochenta y dos, la abuela murió con cincuenta y tres.

—¡Vaya! Parece que en esta familia las mujeres mueren jóvenes, precisamente lo hemos comentado Gonzalo y yo viniendo en el coche. ¿Verdad?

Gonzalo asiente con la cabeza.

—Nunca lo había pensado, pero es cierto —dice Matilde.

—¿Sabes por qué el abuelo se empeñó en que viniera mi madre?

—La verdad es que no. Nadie lo esperaba, porque habían tenido muchos problemas entre ellos, hasta el punto de no hablarse. Al parecer, cuando se empeñó en ir a estudiar a Valladolid, el abuelo se enfadó mucho y como ella insistía se armó una trifulca grandísima. Después de aquella discusión, enfermó.

—¿Quién? ¿El abuelo?

—Elena, tu madre. Decía mamá que se pasó días y noches llorando sin consuelo. No comía ni salía de su habitación. Tu abuela estaba muy preocupada y la llevó a don Nicolás, el médico, que por cierto he sabido que falleció hace una semana, ¡que Dios lo tenga en su gloria!

Y entonces el doctor le anunció a la abuela que si seguía así podría llegar a morirse. Sin fuerza ni para andar..., la llevaban en brazos.

—¿Qué le pasaba? —pregunto interrumpiéndola.

—Algo de nervios. Se puso muy triste. Le gustaba y además servía para estudiar, según dijeron en el colegio, y quería ser enfermera. Parece ser que don Nicolás, muy amigo del abuelo, que lo conocía bien, insistió hasta convencerlo para que la dejara ir a estudiar a Valladolid. Pero tuvo mala suerte, la pobre.

—¿Por qué?

—Con todo lo que le había costado salir de la casa, cuando regresó por vacaciones de verano su madre se moría, algo de los pulmones o del corazón. El abuelo la obligó a dejar los estudios para cuidarla. La abuela se fue en unos meses y poco después, no sabemos cómo, el abuelo Lucas anunció la boda de ella con el hijo de Tomás, el bodeguero. Un hombre mucho mayor, con mala fama en el pueblo y en los alrededores porque le gustaban mucho las mujeres. Se casaron apenas transcurrió el año de luto.

—¿Cómo pudo aceptar mamá aquella decisión de su padre?

—No lo sé. Lo único que te puedo decir es lo que escuché cientos de veces a mi madre: que nunca había visto una novia más triste en toda su vida.

VII

Tras la impactante noticia, Matilde va a buscar pruebas de lo que me ha referido. Cree tener por algún sitio una foto de la boda de mi madre. He insistido para que la busque, porque nunca he visto a mi madre de novia. La excusa, cuando preguntaba a mamá por qué no tenía fotos de su boda a la vista, era que el fotógrafo, un aficionado, puso en la cámara un carrete velado y no quedó constancia. Otra mentira.

Matilde aparece con una caja de zapatos. Quita la tapa y sobre la mesa esparce fotografías familiares que nunca he visto. Cojo una al azar, en color sepia y realizada en estudio. Una bella mujer sentada, vestida de novia con un traje de satén blanco, un discreto tocado en el pelo y un gran ramo de flores. A su lado un hombre alto con bigote, el pelo engominado, vestido de uniforme, sonríe a la cámara. Su mano derecha apoyada sobre el hombro izquierdo de la mujer. El papel cartón está salpicado de manchas ovoides mohosas que dificultan apreciar los detalles, me acerco a la ventana para verla mejor.

—Es la foto de boda de los abuelos. Ahí se puede apreciar la diferencia de edad entre ellos.

Lleva razón. La abuela parece una niña atemorizada, rodeada de las flores que decoran el escenario; ataviada con un elegante y sugestivo vestido que le viene grande, no tanto de talla como respecto a su edad.

—¿Recuerdas lo que te dije de que mamá se parecía a la abuela? —digo enseñando el retrato a Gonzalo.

Antes de que hable, Matilde se adelanta y anuncia que yo me parezco mucho a la abuela. La segunda persona que me lo dice en el mismo día. Al final me lo voy a tener que creer. No sé por qué siempre me identifiqué con mi padre. Seguro que mi elevada estatura contribuyó a ello. Mamá era menuda y delicada; lo opuesto a mí, que parezco una jirafa.

Mi prima sigue buscando en el tesoro de escenas familiares hasta que da con la fotografía de mis padres.

—Aquí está.

La foto, de colores desvaídos, muestra a una pareja saliendo de la iglesia. Ella de blanco con larga cola, él de oscuro. Ella mira seria a la cámara; él, altivo.

—A eso se refería mi madre. Ese momento suele ser muy especial. A tu madre parece que la llevan al matadero.

—¿No hay más fotos?

—Yo no he visto nada más que esa. Si quieres, puedes quedártela.

—Gracias, prima.

Mientras ella recoge, con la fotografía en la mano yo encajo las piezas y perfilo una historia. Mamá se fue a Valladolid a estudiar, allí conoció a Ricardo, seguramente se hicieron novios en secreto. Cuando regresó en verano, su madre estaba muy enferma, por ello no se atrevió a decirle a mi abuelo que tenía novio. Su madre muere y al poco la casan con un desconocido. Esto explica la cara de mamá el día de su boda, las grandes ojeras y ese gesto de aflicción en su rostro. Ligada toda su vida a una persona a la que no quiere. Tampoco papá parece feliz. ¿Cómo cuadra en esta historia el «terrible suceso»? Claro que, terrible pudo ser que le comunicara por carta a Ricardo que se casaba con otro. Pero ¿terrible suceso? Algo tuvo que pasar, eso es lo que he de descubrir. Y si, realmente, la llevaban al matadero.

—Guardo la caja, me arreglo un poco y si queréis os llevo a ver la casa de los abuelos.

—Buena idea. No me acuerdo de ella, me pasa como con las cocadas.

—Vuelvo enseguida.

—¿Piensas lo mismo que yo? —me pregunta Gonzalo nada más salir mi prima de la habitación.

—Creo que sí. Dejó a Ricardo porque el abuelo la obligó a casarse con mi padre.

—Parece evidente. Un amor de juventud, al que quiso de por vida. No pudo olvidarlo y decidió volver a él. Lo inexplicable es por qué escogió este momento, teniendo en cuenta que tu embarazo seguía adelante, y me consta que estaba deseando ser abuela. Se me ha ocurrido que a lo mejor ella sabía que estaba muy enferma y no quería terminar sus días sin ver de nuevo a Ricardo.

Esa nueva teoría que mi marido esboza me desconcierta. Con todo este embrollo, hemos dado más importancia al viaje de mamá que a la causa de su muerte.

—No se me ha pasado por la cabeza. ¿Tú crees? No,

no es posible. Si se hubiera sentido enferma me lo habría dicho. O no. Cuando uno se siente enfermo siempre busca estar con los suyos. ¿No es así? Yo no concebiría estar en esos difíciles momentos sin ti a mi lado. No puede ser; además, según la autopsia el infarto fue fulminante y se debió a una miocardiopatía de origen inmunológico; poco frecuente, pero de evolución fatal.

El viaje que hicimos papá y yo hasta Nueva York fue muy angustioso. Cada uno, en silencio, daba vueltas a lo ocurrido, sin comentar nada. Él quería viajar solo, al final lo convencí para que me dejara acompañarlo.

Nada más aterrizar nos trasladaron hasta la fría morgue del instituto médico forense donde habían realizado la autopsia. El médico nos recibió en un pequeño despacho y nos explicó que nada se podría haber hecho por ella. La muerte fue inmediata y el corazón estaba muy dañado. Miré a papá y se lo traduje; él cogió mi mano, que no paraba de temblar. Fue una experiencia dolorosa, pero nos apoyábamos el uno en el otro y eso nos dio fuerzas.

Lo más lúgubre, regresar con sus cenizas.

—No te ofusques, cariño. Solo era una idea. Olvídalo. Seguro que solo quería reencontrarse con él; hasta puede ser que tuviera la intención de regresar después a nuestro lado.

Gonzalo intenta arreglar la impresión causada por sus palabras; mi mente, presa de sucesivas emociones, se dispara ante la incertidumbre de saber qué sentía en realidad mamá por nosotros. Si se casó obligada con mi padre, los hijos tenidos con él ¿fuimos deseados?, ¿queridos? ¿Y si se sintió, en verdad, enferma y prefirió morir al lado del hombre de su vida? Gonzalo me atrae hacia sus brazos y consuela mi llanto pasando la mano por mi cabeza y limpiando mis lágrimas con el dorso de su mano.

—Lo siento, lo siento. No quería preocuparte más de lo que ya lo estás —me susurra.

Cautiva en esos brazos que me amparan y esos susurros que me alivian, oigo el apresurado taconeo de mi prima acercándose a la habitación. Me repongo, me sueno la nariz y sonrío como si no pasara nada, sin conseguirlo, a juzgar por la cara que ha puesto Matilde al verme.

Salimos de la casa y giramos a la derecha por un callejón empedrado. Nos cruzamos con algunas mujeres que regresan de misa y a las que mi prima saluda con cordialidad. Siento sus miradas fijas en nosotros. Los extraños siempre causan cierto recelo en los círculos cerrados como los rurales. Camino de la mano de Gonzalo, quien de vez en cuando me mira de reojo, quiere saber si me encuentro bien. Salimos a una calle más amplia; mi prima señala hacia la casa. Aunque se ve muy vieja y deteriorada, impresiona por lo grande que es. En sus tiempos debió de ser una de las más grandes de Medina. Lo comento con Matilde y me lo confirma. Cuando nos acercamos, compruebo que está casi en ruinas.

—¿Es seguro entrar ahí? —pregunta Gonzalo.

—No hace mucho estuve con el albañil. Vino a arreglar unas goteras. Los pajarillos mueven las tejas y se cuela el agua. Por dentro no está tan mal.

Desde la acera de enfrente la contemplamos. Un largo balcón central preside la fachada y enmarca la puerta de madera, sobre la que quedan restos de lo que pudo ser un escudo. A la derecha de la puerta, atada en los barrotes de la ventana, una placa metálica anuncia «Se vende», con un número de teléfono de contacto.

—Es una pena. Convendría invertir un poco de dinero en ella porque si no el día menos pensado no habrá nada que vender.

—¿De quién es la casa?

—De tu madre. El abuelo lo dejó expresamente dicho en su testamento. Quería que la casa fuera para Elena. El resto, las pocas tierras que quedaban, la pequeña bodega y el almacén, se las repartieron entre mi madre, tía Pilar y tía María.

—No tenía ni idea. ¿Y quién la ha puesto en venta?

—Elena. Me telefoneó, creo que fue a primeros de mayo, y me dijo que vendrían de una inmobiliaria a poner el cartel. Como yo era la única familia que quedaba en el pueblo, siempre tuve una llave.

—Entonces, hablasteis antes de que ella muriera. ¿Recuerdas si te llamó la atención algo de lo que te dijo?

—Me sorprendió la llamada, porque hacía mucho que no charlábamos. Me dijo que necesitaba el dinero y que era el momento de venderla. Ella no quería ver el pueblo ni en pintura, y la casa menos. La odiaba y sin reparo; además, lo pregonaba siempre que podía. Las malas lenguas dijeron que por eso precisamente el abuelo se la dejó en herencia; para seguir jodiéndola. Perdona, María, quiero decir...

—Te entiendo, no hace falta que te disculpes. Bueno, vamos a ver la casa. ¿Y dices que yo pasé en ella unos meses cuando tenía cinco años?

Mientras intenta abrir la puerta, me cuenta que en realidad fueron dos meses y medio los que estuvimos cuidando al abuelo.

—A veces se atranca, no sé por qué. Y eso que aún no ha llovido mucho y no le ha dado tiempo a *pujarse*.

Gonzalo lo intenta. La empuja hacia arriba al mismo tiempo que gira la oxidada llave de hierro; entonces oímos un clic y una pequeña rendija nos anuncia su apertura. No sin dificultad, la abrimos lo suficiente para poder entrar en el zaguán. Está oscuro y huele a moho. Matilde abre la ventana que da al patio y la claridad entra dejando ver al trasluz millones de partículas suspendidas que han sido levantadas por nuestros pies al pisar el suelo polvoriento.

—Hace falta un poco de escoba —dice Matilde riendo.

Intento reconstruir mis momentos en aquella casa. Me asomo al patio, que ya no es de tierra, sino que está enlosado. Un patio cuadrado que sirve para distribuir las habitaciones.

Deambulamos despacio y en silencio por los distintos cuartos como si fuéramos espectros que forman parte del fantasmal decorado que proporcionan las antiguas sábanas blancas que cubren los muebles.

—Tu madre no se llevó ningún mueble. A lo mejor, a ti te gustaría conservar alguno, antes de que se venda la casa.

—En nuestro pequeño apartamento no cabe ni un alfiler, pero hablaré con mi padre de la venta. No sé, esta casa me gusta. Creo que podría reformarse y quedaría magnífica, ¿verdad, Gonzalo?

—Es muy hermosa.

—¡Ojalá! Podríais veniros a pasar las vacaciones. Aquí se está muy tranquilo.

Subimos a la segunda planta, donde se encuentran los dormitorios. Al final del pasillo hay una estrecha escalera; me acerco. Esta sí la reconozco. Un recuerdo acaricia mi memoria: me veo muy pequeña, agarrada a la fina baranda de hierro mientras subo con dificultad los altos y angostos escalones.

—¿Qué hay arriba? —pregunto.

—El sobrado.

—Voy a subir —anuncio antes de comenzar a remontar, sin problema, los veinte escalones, que me dejan delante de la puerta.

La empujo suavemente y se abre. Un hedor a rancio inunda mi nariz. Busco casi a tientas la pequeña ventana y abro sus hojas dejando que el aire entre a raudales y se lleve el mal olor.

Echo un rápido vistazo. Intento localizar algo que me sea familiar, sin encontrarlo.

—¡Qué barbaridad! —exclama Gonzalo—. Esto debió de ser un tesoro para una niña pequeña. Tenemos que traer aquí a Elenita, se lo pasará en grande.

—Sé que me gustaba subir aquí, pero no por qué —digo girando sobre mis talones para seguir contemplando la habitación en toda su amplitud mientras abrazo mi vientre.

—Aquí jugabas con tu madre. Me parece que os estoy viendo. Un día os estuve buscando por toda la casa durante un buen rato y al fin os encontré aquí. Las dos sentadas en el suelo mirando un álbum de estampas que te tenía extasiada.

—¡Qué pena no acordarme de esas cosas!

—Era de animales, imagino que debe de seguir por aquí.

Matilde levanta unas cuantas sábanas y pone al descubierto una silla bajita de anea, un baúl y muchas cajas de cartón. El polvo la hace estornudar, toser, con una tos seca que no cesa, y decide bajar para tomar el aire.

Levanto la tapa del arca y rebusco entre la ropa vieja.

En el fondo, varias cajas metálicas que contienen sellos, cuentas brillantes de desvencijados collares y preciosos cromos.

—Esto es como tú dices, Gonzalo, un maravilloso tesoro.

—Te imagino aquí curioseando y jugando con todos estos trastos.

—Si hubiera tenido más edad, me acordaría mejor de este sitio. Sin embargo, tengo una agradable sensación de familiaridad. ¿Sabes?, me encantaría que pudiéramos quedarnos con la casa.

—¿Sabrá tu padre que está en venta?

—No lo sé. Como habían testado uno a favor del otro, esta casa es ahora de papá. Quizá pueda convencerlo para que nos la quedemos y la rehabilitemos. Incluso podríamos hacer una pequeña piscina en el patio.

—Que no se nos olvide copiar el número de teléfono de la inmobiliaria. Deberías llamar y averiguar con exactitud cuándo la puso tu madre en venta.

—Mañana mismo les telefoneo. Supongo que el dinero lo querría para sufragar su aventura.

—Era su herencia —concluye Gonzalo.

En un rincón, una cómoda que guarda ropa blanca en desuso en su interior, y al lado una lámpara de pie cuya pantalla de pergamino está bordeada por estropeado terciopelo rojo.

Nos movemos de aquí para allá sin buscar nada en concreto. Levanto una cortina vieja que tapa otros pocos muebles y aparece un pupitre de madera que llama mi atención. Al acercarme observo que está muy pintarrajeado y en letras grandes tiene escrito ELENA.

—¿Ves este pupitre, Gonzalo? Estoy segura de que ahí me sentaba yo a pintar.

Limpio de un manotazo una tela de araña que casi lo cubre y lo abro. Dentro, un viejo cuaderno de gusanillo de alambre medio salido, con la tapa azul, despuntados lápices de colores y un sacapuntas roto, aún con alguna viruta pegada a la cuchilla.

—Yo he pintado con esos lápices y sobre todo recuerdo haberles sacado punta —digo feliz.

Abro el cuaderno por la mitad y encuentro unos inexpertos trazos infantiles que me producen una sonrisa bobalicona.

—Los pinté yo.

Me fijo bien y compruebo que los *rayajos* de muchos colores están sobre algo escrito. Percibo el aliento de Gonzalo, que mira por encima de mi hombro. En mi mente brinca entusiasmada la leve sospecha de que esa clara y redonda letra de colegio de monjas pueda ser de mi madre.

—¡No me lo puedo creer!

—¿Este cuaderno era de tu madre?

Busco la primera hoja del cuaderno y contemplo fascinada las frases escritas: «Diario de Elena», y debajo en letras muy grandes: «Prohibido leer bajo pena de muerte.»

VIII

Matilde nos llama y nos apresuramos escalera abajo. Es la segunda vez en pocos meses que huyo como una furtiva con lo robado, esta vez guardado en el bolso. Al salir tomo nota del número de teléfono de la inmobiliaria. Mi prima me habla sin que yo sea capaz de participar en la conversación; sigo deslumbrada por lo que acabo de leer: «Diario de Elena».

Nunca supuse que mi madre escribiera un diario. A todos nos cuesta pensar que nuestras madres o padres también fueron niños, adolescentes, adultos... con las mismas inquietudes, deseos y necesidades.

Yo también escribía uno. Utilizaba una fórmula similar, amenazante, en la primera hoja; creyendo que con eso amedrentaba a todo aquel que se acercara a hurgar entre sus páginas.

Mamá me lo regaló cuando cumplí los doce años. Recuerdo que me dijo que sería mi mejor amigo. No entendí por qué; conforme llenaba sus páginas con excitadas frases de amor, unas veces, y la mayoría de melancólica pesadumbre por mi desamor, comprobé que llevaba razón. La página en blanco era mi confidente. En ella volcaba de manera catártica mi enorme pesar, inimaginable para un adulto e incomparable a cualquiera que hubiera vivido hasta ese momento. Sin miedo al reproche ni necesidad de explicación, desnudaba mi alma sin pudor alguno sabiendo que, tras ello, la angustia que presidía aquel momento de acercamiento desesperado al diario se diluiría como el terrón de azúcar en el café caliente. Me acompañó hasta los dieciséis años. Después lo olvidé.

Apareció en mi biblioteca cuando la ordené para dar cabida a los libros que necesitaría en la universidad, y al releerlo constaté lo trágica y desventurada que es la vida de una adolescente y, por otro lado, la fabulosa capacidad de supervivencia que tenemos ante tamaña acumulación de conflictos, de los que conseguimos emerger como si no hubiera acontecido nada.

Damos un paseo largo y tranquilo por el pueblo. Gonzalo me coge de la mano y mi prima habla de la familia.

—Mira, María, ahí vivió tu padre. Ahora la habitan los de Pozo, desde que se la compraron a tu padre tras la muerte de tu abuela. La verdad es que sacaron una buena tajada con la venta —dice socarronamente.

—También es una buena casa —responde Gonzalo.

—Sí, pero no tanto como la otra. La pena es que nadie se haya ocupado de ella. Durante los últimos años de vida del abuelo Lucas, tuvo muchos pretendientes y ofertas muy buenas que él no aceptó. Luego, se mantuvo cerrada a cal y canto porque tu madre así lo quiso. Unos cinco años atrás, los de los viñedos Tábala la quisieron comprar para poner ahí un centro de visita enológico. Llamé a tu madre y estuvimos hablando sobre ello. Después de unos días me dijo que lo había pensado y que no quería ni conocer la oferta.

Hace cinco años no quería vender y ahora sí... Todo lo que averiguo me lleva directamente a pensar que algún hecho o situación ha actuado de espoleta; ha sido el verdadero artífice de la huida de mi madre de una vida que, como todo parece indicar, no era la que ella había escogido. La sobrellevaba con tal disimulo que nadie de los que la rodeábamos sospechó que tuviera problemas.

—No llegué a conocer al abuelo Tomás, pero me acuerdo de mi abuela Felisa y sobre todo de mi tía Concha, que al quedarse sola se compró un piso en el edificio contiguo al nuestro en Valladolid y nos visitaba. Se llevaba muy bien con mamá. Parece que las estoy viendo, charlando y cosiendo en la salita.

—Tu tía Concha era toda una señora. Vestía siempre con trajes de chaqueta que le caían muy bien. Era tan alta como tú, María.

—Es verdad, me acuerdo, igual que papá, vistiendo con chaqueta en las cuatro estaciones de año.

—Por tu padre tenía debilidad. Se desvivía por servirle. Dicen que era quien lo malcrió.

—Pues sí que lo hizo bien, porque aún sigue malcriado. Tía Concha me hizo unos vestiditos preciosos para las muñecas. Sentí mucho su repentina muerte; mamá también —digo apesadumbrada.

—¿Qué os parece si vamos a casa y os preparo algo de comer?

Voy a rechazar la invitación, y Gonzalo se adelanta aceptando el ofrecimiento con un «estamos encantados». Lo miro con ojos de «te voy a matar», y me sonríe. Durante el trayecto hasta la casa, ellos hablan coloquialmente; yo, mientras, en silencio ideo mil torturas para mi querido marido por hacerme esta jugarreta sabiendo que lo que más deseo es salir de aquí para poder leer el cuaderno.

—Entiende que he hecho lo adecuado —me dice nada más subir al coche—. Tu prima se ha portado muy bien, no podíamos hacerle ese feo.

—Lo sé, llevas razón, pero la comida me va a sentar como un tiro; tenía el estómago cerrado de los nervios. Y mira que la morcilla estaba buena.

—María, lo mismo da una hora antes que después.

Tenemos encima los nubarrones. Unas gotas, cada vez más gruesas, salpican el cristal. Gonzalo acciona el limpiaparabrisas y lanza agua al mismo tiempo; se produce una mezcla terrosa que impide ver lo que tenemos delante. Unos segundos después, como por arte de magia, tras unas cuantas pasadas a derecha y a izquierda, las escobillas han arrastrado la suciedad suficiente para que podamos ver a través de los cristales e iniciamos la marcha. Es lo mismo que ocurre con las pistas que surgen en esta búsqueda de la verdad que he emprendido a modo de cruzada.

Gonzalo me ayuda con el cinturón de seguridad. Saco el cuaderno del bolso. Lo acaricio. Ahora que lo tengo de nuevo entre mis manos, siento cierto reparo a saber qué habrá escrito. ¿Será la prohibición explícita de la primera página? Un diario es algo sagrado.

—Gonzalo, ¿tú crees que a mamá le gustaría que leyera su diario? —pregunto con la intención de que acalle mi mala conciencia.

—Yo no he escrito nunca uno. Supongo que, cuando lo escribes, la idea es que nadie lo lea nunca. Teniendo en cuenta que ya has leído su postal y su carta y que ella ya no está entre nosotros...

—Mira que eres rencoroso. Sabía que algún día me lo volverías a echar en cara. ¡Ja, ja, ja! Ahora que lo pienso, si le hubiera tenido mucho aprecio se lo habría llevado, en lugar de dejarlo en el sobrado, ¿no crees?

—Puede ser. De todas maneras aquel viejo pupitre olvidado era un excelente lugar, hasta que tú has llegado, claro. Últimamente eres como un ave de rapiña —dice Gonzalo riendo.

Estoy atrapada en la segunda hoja. Observo su bella letra escrita con bolígrafo azul. Una sensación extraña me lleva a pensar en mi hija y, cuando la siento moverse dentro de mí, advierto una gran felicidad. Un instante de conexión entre las tres, como me sucedió en la consulta del ginecólogo.

La primera entrada está fechada el 18 de octubre de 1964, el día de su duodécimo cumpleaños. Cuenta que su hermana María le ha regalado ese bonito cuaderno para que lo use de diario, y se hace la promesa de escribir todos los días en él.

—¡Dios mío! Lo primero que tiene escrito es exactamente igual a lo que yo escribí en el mío.

—¿Tenías un diario?

—Me lo regaló mamá a la misma edad que se lo regalaron a ella. Hizo la firme promesa de escribir todos los días, pero la entrada que sigue está fechada un mes después... Igual que me pasaba a mí.

¡Cuánto nos parecíamos! Lo siguiente es casi ilegible porque está todo pintarrajeado por mis dibujos. Parece que escribe sobre un problema con una amiga que no la ha querido invitar a su cumpleaños. Frustraciones propias de la edad.

Paso las páginas haciendo una lectura somera. Los trece, los catorce y los quince años de mamá van pasando por delante de mis ojos, sin más trascendencia que los típicos enamoramientos platónicos y alguna que otra barbaridad hacia amigas y compañeros de clase que no cumplían sus expectativas.

Cada vez más a menudo, el abuelo va apareciendo en sus escritos. Aquí cuenta cómo le pegó con la vara de abedul por contestarle. Lo leo en alto para que Gonzalo esté al tanto: «No me lo esperaba y de pronto sentí en el brazo como un latigazo que me quemaba y que me dejó una señal muy roja. He intentado no llorar, pero no lo he conseguido. Mamá estaba en la cocina y yo he corrido escaleras arriba y me he encerrado en mi dormitorio. Tenía miedo de que me pegara otra vez.» La voz me juega una mala pasada y él nota la congoja que me produce ese suceso.

—¿Estás bien?

—Sí —miento—. Ya entiendo lo descompuesta que se ponía mamá cuando mi padre en alguna ocasión le puso la mano encima a mi hermano. Se encerraba en su habitación. Alguna vez se lo reproché. Ahora me doy cuenta de que no podía, salía huyendo de la violencia igual que hacía de pequeña, resguardándose en un lugar seguro.

Aquí está lo que nos refirió Matilde:

20 de junio de 1967

Las clases han terminado y he sacado muy buenas notas. Seguro que papá estará orgulloso de mí. He estado hablando con sor Consuelo. Me ha dicho que es una pena que deje de estudiar, que debería hacer una carrerita corta como magisterio, pero yo le he dicho que a mí me gustaría ser enfermera.

22 de junio de 1967

He hablado con María y le he dicho que me quiero ir a estudiar a Valladolid. Me ha dicho que estoy loca, que papá no lo consentirá nunca. Entre lágrimas me he prometido hacerlo. Tengo que ser fuerte, de esa manera conseguiré lo que quiero.

23 de junio de 1967

Mi querido diario, hoy es uno de los días más tristes de mi vida, soy muy desgraciada. Anoche, mientras cenábamos, conté mi decisión a papá y su reacción fue terrible. Me dijo a voces que me quitara esas pamplinas de la cabeza. Dijo que la culpa la tenían las putas monjas, que me llenaban la cabeza de pájaros, y que lo que tenía que hacer era buscarme un novio y casarme cuanto antes. Mamá empeñada en que siguiera comiendo y yo no podía, no me pasaba nada.

No sé qué será de mí. No quiero seguir viviendo. No puedo soportarlo más.

—En mi diario tengo escritas frases parecidas a esta. Frases desesperadas. También yo quise morirme una vez que mi padre me pilló con un amigo en el portal y me arrastró escaleras arriba. ¡Qué vergüenza pasé! No fui capaz de mirar más a los ojos a ese chico. Ahora ya ni recuerdo su nombre.

—Me encantaría leer tu diario —dice Gonzalo.

—Ni lo sueñes, que conocerías mis puntos débiles. Y déjate de bromas.

Continúo leyendo:

No tengo ánimo para salir de mi habitación, ni siquiera para levantarme de la cama. Me suben la comida, pero no tengo apetito. Hoy ha venido mi padre a verme al dormitorio, pensaba que estaba engañándole y que no me pasaba nada. Me ha obligado a levantarme y me ha dado un mareo.

—La pobre, qué mal lo tuvo que pasar —digo.

7 de julio de 1967

Mi madre dice que he caído en la melancolía. No sabía lo que era esa palabra hasta que la he buscado en el diccionario, y creo que lleva razón, que no tengo ánimo para nada, como si viviera en un pozo muy profundo donde no llega la luz. La comida me da dolor de estómago y vomito casi todos los días.

20 de julio de 1967

Hoy me ha llevado mamá al médico. He hablado mucho rato con don Nicolás. Le he contado que quiero ser enfermera y que mi padre no me deja. Él dice que esa profesión es muy bonita y me ha prometido hablar con papá, que es su amigo. Me ha mandado un reconstituyente y que tome agua de azahar. Por lo menos, alguien me entiende.

Ya no hay nada hasta primeros de septiembre. Cuenta que ha ido a Valladolid con sus padres a buscar un lugar donde alojarse. Encontró habitación en una residencia de monjas recomendada por doña Úrsula, la viuda del boticario. Allí había otras chicas que también estudiaban enfermería. Termina diciendo que es muy feliz.

—¿No hay nada más?

Paso las hojas con avidez. Lo escrito en el diario añade poca novedad a lo que ya sabíamos. Por un instante, como siempre que un nuevo indicio sobre mamá aparece, pensé que ahí estaría todo. Ese todo que ansío y que no termina de conformarse.

—Hay cinco entradas más.

30 de septiembre de 1967

Mi querido diario, hoy he viajado sola en el tren desde Medina del Campo a Valladolid. Me ha hecho mucha ilusión, aunque en el fondo tenía un poco de miedo. Encontré en el sobrado una vieja maleta de cuero que he llenado con mi ropa. Mi madre me ha dicho que ellos me traerán más adelante ropa de abrigo. Cuando he llegado, la madre Pía me ha llevado a mi habitación, la voy a compartir con una chica que estudia Filosofía y Letras y que se llama Lola Aguado Serna. Parece muy simpática, tiene veinte años y me ha ayudado a deshacer la maleta, me ha enseñado la residencia y me ha presentado a sus amigas. Ya no puedo escribir más, se me cierran los ojos. Ha sido un día fantástico.

—Lola Aguado Serna, su compañera de habitación. En cuanto lleguemos miraré en la guía de teléfonos, y si no la encuentro hablaré con Javier para que la busque. ¡Ojalá aún viva!

—Si diéramos con esa amiga tendríamos información

de primera mano —añade Gonzalo atento a la carretera.

—¡Por fin se abre una puerta! Y pensar que me preocupaba venir a reunirme con Matilde, y no solo me ha dado la foto de la boda, sino que gracias a ella hemos encontrado el diario.

Miro a Gonzalo exaltada por lo que acabo de descubrir mientras acaricio la mano con la que mete las marchas. Sonríe contagiado de mi entusiasmo y me anima a que continúe con la lectura.

Lo siguiente que tiene escrito es de mediados de octubre. Por aquel entonces estaba encantada con su carrera, tal como escribió a sus padres por carta.

—Una pena que no pudiera seguir estudiando. Quizá su vida hubiera sido otra.

—Desde luego. De ahí se salta al día veinticuatro de octubre.

Releo por encima y, sin poder contener la excitación, exclamo en alto:

—¡Aquí está, Gonzalo! Ya lo tenemos.

—Pero ¿qué dice?

Hoy ha sido mi primer día en la sala de infecciosos. Nada más entrar, me he presentado al doctor Cifuentes, el catedrático de Interna. Me ha dicho que me acercara hasta los pies de la cama del enfermo que estaba explorando. Con él iba un chico alto, moreno, guapísimo, muy atento a sus explicaciones. Cuando se han marchado, he preguntado disimuladamente a una de las enfermeras para saber quién era, y me ha dicho que se llama Ricardo; un estudiante de último curso de medicina. ¡Oh... Ricardo, qué nombre tan bonito, y es tan guapo!

—Debajo tiene un corazón pintado de rojo atravesado con una flecha y con el nombre de Ricardo. La última vez que escribe es el veinticinco de noviembre. Cuenta que, tras muchas risas y miradas entre ellos, por fin él se decide a invitarla a pasear. Se citan para el siguiente domingo por la tarde en el quiosco de la música que hay en el parque...

Son las doce de la noche, pero necesito contarte, mi querido diario, que ha sido el día más feliz de mi vida. Nunca olvidaré la cara de Ricardo cuando me vio aparecer por el paseo de los tilos, camino del quiosco donde nos habíamos citado. Mi amiga Lola me peinó con un moño que me hacía parecer mayor...

—¡La peinó con un moño! ¿Te das cuenta, Gonzalo? Siempre ha ido peinada así, nunca la vi peinada de otra manera. No creo que sea una casualidad.

... y me prestó un jersey gris muy bonito que ella tiene y un pañuelo para que me lo pusiera al cuello. Al final salí un poco tarde y él me esperaba impaciente. ¡Qué guapo es! Conforme andaba hacia él, parecía que se me iba a salir el corazón. Cuando nos encontramos me saludó, y de la mano que tenía escondida en su espalda sacó un precioso ramito de violetas. Hemos dado un largo paseo. Me ha hablado de sus proyectos para cuando termine la carrera. Quiere especializarse en Medicina Interna. Cuando anochecía, escondidos tras el grueso tronco de un tilo, me ha besado en los labios. Creía que me iba a desmayar. Luego, tímidamente, porque muy bien no sabía cómo se hacía, le he devuelto el beso y hemos estado besándonos durante un rato hasta que viendo que se nos echaba la noche encima me ha acompañado hasta la residencia. Las monjas cierran las puertas a las ocho y media. Estoy tan excitada que no puedo dormir. Te quiero, Ricardo. Eres el hombre de mi vida. No quiero ni pensar qué pasará cuando tenga que volver a casa por vacaciones de Navidad. No podré vivir sin él...

Los tilos... Ahora sé por qué miraba siempre por la ventana fijamente al paseo de los tilos. Pensaba en él, en sus besos, en la vida que podría haber tenido si no hubiera sido abortada por aquella jugarreta del destino. «¿Por qué nunca me lo dijiste? ¿Por qué no quisiste compartir tu secreto conmigo, mamá?»

—Ya sabemos a ciencia cierta lo que intuíamos —dice Gonzalo.

—Tuvo multitud de oportunidades de hablarme de Ricardo y no lo hizo —me lamento.

—Tu madre disponía de una vida interior que no quiso compartir, era su secreto.

—Su secreto...

Cierro el cuaderno y lo abrazo contra mi pecho.

IX

Aprovecho la pausa del café para llamar a la inmobiliaria. Me pasan con la persona que lleva la venta de casas rústicas y me identifico. Cuando explico el objeto de mi llamada, me da el pésame y me dice que mi madre puso la casa en venta en el mes de mayo por cincuenta mil euros, un chollo, según dice la persona de la agencia. Le aconsejaron que subiera el precio pero no aceptó, necesitaba el dinero y rápido.

Nada más colgar, llamo a Gonzalo. Le extraña, como a mí, ese rápido interés por la venta.

Volvemos a estar en un callejón sin salida; si bien en un primer momento pensamos en comentarlo con mi padre, sobre todo para saber si él estaba enterado de lo que mi madre había hecho, enseguida caímos en la cuenta de que se iba a sorprender de que hubiéramos ido a Medina del Campo. Aún no quería contarle nada, lo mejor era mantenerlo fuera de las indagaciones.

Cuando cuelgo, busco en la guía telefónica el nombre de la compañera de cuarto que aparece en su diario, aunque no encuentro ningún número a nombre de ella. Busco en Internet, tampoco hay nada.

Creía que iba a ser fácil dar con Lola, y parece que no. Llamo a Javier, tampoco está; dejo el recado de que me llame en cuanto vuelva.

Regreso al trabajo, aunque no puedo concentrarme. Saco del cajón el cuaderno con la postal de Ricardo y meto dentro la foto de la boda de mis padres, pero antes vuelvo a mirarla con detenimiento. Sus ojos caídos, el entrecejo algo fruncido, su boca recta, el cuerpo rígido, hierático, cogida del brazo de mi padre sin apenas rozarle. Es normal que no quisiera que viera el retrato; hasta el más cándido de los mortales se habría dado cuenta de que era desgraciada. Como decía su hermana Carmen: una novia triste.

El timbre del teléfono me devuelve a la realidad, debe de ser Javier.

—¿Dígame?

—Hola, María, me han dicho que has llamado.

—Hola. Quería comentarte algo. Verás, ayer encontré un diario de mi madre y en él hace referencia a su compañera de cuarto cuando vino a estudiar a Valladolid. Una chica que estudiaba Filosofía y Letras y que se llama Lola Aguado Serna. He buscado en la guía de teléfonos, pero no aparece y por Internet tampoco. ¿Podrías dar con ella?

—No creo que sea complicado.

—¿En qué año se conocieron?

—En 1967.

—De acuerdo. En cuanto tenga algo te aviso. Por cierto, creo que pronto tendremos noticias sobre Ricardo.

—¡Fantástico!

—Mi amigo va cerrando el círculo, y solo le queda llevar a cabo algunas comprobaciones. Espero poder darte todos los detalles en unos días.

Me despido agradeciéndole una vez más todo lo que está haciendo. Satisfecha, cierro el cuaderno. Unos pocos días más y podré contactar con Ricardo.

Un revoltijo de emociones me abruma hasta el punto de sentirme asfixiada entre las cuatro paredes del despacho. Cojo la gabardina y salgo a la calle. Sin planearlo, mis pasos me llevan hasta el parque. Camino bajo los deshojados tilos, disfrutando del aroma que desprenden la lavanda y el romero de los parterres que bordean el paseo. Las hojas secas, muertas, de tonalidades ocres, componen una colorida y mullida alfombra que me adentra hacia la arboleda. Me siento en un banco rústico, de madera, miro al cielo de un sorprendente gris metalizado y suspiro.

Percibo bajo la ropa el pataleo de Elenita, la tranquilizo con una suave caricia. Cierro los ojos. ¡Si al menos pudiera dejar de pensar!

—¡Vaya suerte que tengo! Si está aquí la mamá más guapa de toda Valladolid.

Reconozco en esa exclamación la familiar voz de mi amiga Silvia y se me acelera el corazón. Nos abrazamos con cariño y se sienta junto a mí.

—¡Cuánto tiempo hace que no te veía!

—Desde el funeral de mamá.

—Es verdad. He estado por llamarte varias veces, pero no hago más que viajar de un lado para otro. Los últimos tres meses en Bruselas. Estoy recién aterrizada.

—Lo sé. No te preocupes. A mí me pasa igual.

—A ver, desabróchate la gabardina, que pueda ver esa barrigota que tienes.

Riendo, la obedezco y ella aprovecha para poner la mano encima.

—Es una niña.

—¡Oh!, qué bien, otra María.

—En este caso, otra Elena.

—Tampoco está mal. Tu madre era una mujer excepcional.

Escuchar eso de sus labios me desarma.

Como tantas veces he hecho, busco en su hombro el cobijo a mis lágrimas y con ellas sale la confesión impulsiva de lo acaecido tras la muerte de mamá.

—¡Vaya!, imagino lo que estarás pasando. ¿Cómo no me has llamado antes para contármelo?

—No lo sé, Silvia. ¿Te extrañaría si te digo que en el fondo siento vergüenza de contarlo? Sé que es estúpido y cada vez disculpo más lo que hizo conforme recabo información, pero ha sido tan inesperado...

—Vamos a ver, María, es lógico que te sientas así. No sé lo que yo habría hecho en tu lugar; comprendo que quieras saber y también que receles de lo que vas averiguando. Sin embargo, nunca olvides que era tu madre y que te quiso con locura.

—¿Y crees que yo no la quise? Pero... ¿quién era?, ¿a quién abrazaba por las mañanas antes de irme al colegio?, ¿en qué pensaba cuando me alzaba y me enseñaba estos tilos? Mi madre parece que representaba un papel, y eso me martiriza.

—No digas tonterías. Tu madre te dio a luz, con todo su cariño te crio y estuvo siempre a tu lado. Tu madre...

—Mi madre no quería a mi padre.

—No me vengas con eso. ¿Intentas decirme que no fuiste el resultado del amor? ¿Que te concibieron exclusivamente como consecuencia de las obligaciones matrimoniales? Me parece muy pueril tu actitud. Lo que importa es lo que recibiste en vida, no la intencionalidad del acto. Tus padres te adoraban. Otra cosa es el acuerdo de relación que mantuvieran.

—Intento pensar así, y no siempre lo consigo. Soy como una olla exprés a punto de explotar. Decidí ocultar todo de los ojos de mi padre y de mi hermano, pero me pesa demasiado.

—Siempre está en tu mano ponerlos al día, como has hecho conmigo.

—Tengo miedo de la reacción de ambos. Como te decía, mi padre está raro; a mi hermano ya lo conoces.

—A veces los miedos son fantásticos, los inflas en tu mente de tanto avivarlos. Seguro que al final te resulta más fácil de lo que piensas. Háblalo con Gonzalo y toma una decisión.

—Si por él fuera, ya lo habríamos contado. No sé, me gustaría por lo menos saber de Ricardo antes de ir con la historia. No quiero ni imaginar la cara que pondrá mi padre cuando se entere.

—Igual lo sabe.

—¿Tú crees? No, si lo supiera me lo habría contado. Lo he interrogado buscando respuestas y no ha dicho nada. Es más, ni siquiera quería hablar de mamá.

—Puede estar haciendo lo mismo que tú. Ocultarlo para que no sufras.

La tajante respuesta que da Silvia sacude mi mente; justificaría su actitud, la poca tolerancia ante mis preguntas y el mal humor que se gasta.

—¡Vaya! No se me había ocurrido. Pues me dejas peor que estaba —digo riendo.

—Ya sabes lo que se dice: la verdad te hará libre; y tú estás en una cárcel, necesitas la llave y escapar. Dedicarte a disfrutar de tu embarazo, de tu marido y pensar en tu futuro.

—Acompáñame hasta el bufete, y seguimos hablando.

—De acuerdo, iba a Correos a certificar una carta.

Caminamos agarradas del brazo. Ha sido un feliz reencuentro. Desahogarme con ella, una espontánea y buena idea. Además, me ha convencido. Esta búsqueda no debe convertirse en el centro de mi vida. Estar al corriente de qué le pasó a mi madre es importante, pero aún más es dedicarme a mi hija, a mi marido, a la familia que me queda y a mí. Nadie puede cambiar el pasado; he de dejar de obsesionarme, tomarme lo que venga con tranquilidad y alegrarme de lo que tengo.

—Y dime, en este embarazo, ¿todo va bien?

—Perfecto. Es una chica fuerte y guerrera. Estoy deseando tenerla entre mis brazos.

—Ya te queda poco. Por cierto, hablando de nacimientos. Te recuerdo la promesa que me hiciste de que sería la madrina de tu primer hijo.

—¡Cómo olvidarme!

—Menos mal, pensaba que te iba a tener que reprender seriamente, ¡ja,ja,ja...!

—Quiero que los padrinos seáis tú y mi hermano.

—Por mí encantada, ya sabes que el bala perdida de tu hermano siempre me ha atraído mucho.

—Ahora vive con Raquel, una chica estupenda.

Pone cara de boba y dice:

—No soy celosa.

Suelto una gran carcajada que ahuyenta mis fantasmas por un instante. Nos despedimos con un entrañable abrazo y la promesa de vernos en unos días.

A veces, encuentros ocasionales, como el que tuve con mi amiga Silvia, sirven para que la estrecha visión del problema que proporciona la rigidez de miras se torne caleidoscópica, ofreciendo perspectivas diferentes, nuevas interpretaciones de los hechos y, por todo ello, distintas maneras de afrontarlos.

Han pasado varias semanas y sigo sin noticias de Javier. No es tan fácil dar con personas como yo pensaba, a pesar de que vivimos en un mundo globalizado que todo lo conecta.

Hoy he quedado con papá para almorzar aprovechando que Gonzalo ha viajado a Madrid.

El paso de los días suavizó la actitud de mi padre tras el enfrentamiento que tuvimos. Hemos mantenido contacto telefónico casi diario y algunas mañanas hemos desayunado juntos. Nuestras protocolarias conversaciones se han centrado en Elenita, el trabajo, y de vez en cuando salía a relucir mi hermano. No se ha vuelto a nombrar a mamá, quizá haya llegado el momento de contarle a papá lo que he descubierto y así saber si él estaba al tanto, como sugirió Silvia.

Entro en el restaurante. Me espera sentado en una mesa del fondo. Mientras recorro el espacio que nos separa, me invade una mezcla de alegría y temor. Ahora no me parece tan buena idea abordar el asunto.

—Hola, hija. Qué guapa estás.

—Hola, papá. ¿Llevas mucho esperando?

—Qué va, acabo de llegar.

El camarero se acerca y pedimos nuestra comida. Ha llegado el momento. Respiro hondo, como tomando impulso, y dejo que las palabras fluyan a su antojo.

—¿Sabes que el otro día estuvimos en Medina del Campo?

—¿Y eso? —pregunta papá extrañado a la vez que frunce el entrecejo.

—Matilde nos llamó para invitarnos a pasar el domingo allí —miento.

—Ni recuerdo cuánto tiempo hace que no voy —dice con un tono de voz pretendidamente indiferente que, sin embargo, refleja cierto malestar.

—Paseamos por el pueblo y nos enseñó la casa del abuelo Lucas. Por cierto, ¿tú sabías que mamá la había puesto en venta?

Por la cara que pone, sé que desconoce ese asunto.

—¿Qué dices? Imposible —dice tajante—. No creo que tu madre hiciera eso sin contar conmigo. Seguro que no te has enterado bien.

—Matilde nos contó que mamá la llamó a primeros de mayo para avisarla de que irían de una agencia inmobiliaria para colgar el cartel.

Pensativo y con el ceño fruncido, me mira durante un instante que se convierte en una eternidad.

—¿Se te ocurrió tomar nota del teléfono de la inmobiliaria? Tengo que hablar con ellos —dice enfadado.

Dudo si sincerarme o continuar con este juego de medias verdades.

—Los he llamado y me lo han confirmado. Mamá la puso en venta.

—No sé por qué hizo eso. Desde que murió el abuelo insistí para que la vendiéramos y ella se negó... —murmura.

Está confuso con lo que le he contado, lo que me confirma que no estaba al tanto.

—Verás, papá..., a Gonzalo y a mí nos encantó la casa. Hemos pensado que la podemos arreglar y pasar los veranos allí...

—Claro, claro... —me interrumpe—. Esa casa fue la herencia de tu madre y ahora es vuestra. Que yo esté en el testamento es puro formalismo. Podéis hacer lo que queráis con ella.

—Gracias, papá. Creo que es una excelente idea.

—Por supuesto, tendrás que hablar con tu hermano.

—Por supuesto —repito.

El camarero se acerca con los platos. Comemos en silencio. Daría dinero por saber qué piensa en este preciso instante. Comento, por hablar de algo, que todo está muy rico, y él asiente con la cabeza. Continúa murmurando que no sabe por qué mi madre haría eso, pero lo dice para sí mismo, como un pensamiento en voz alta, no espera respuesta por mi parte.

—No veas lo complicado que ha sido dar con esta mujer —dice Javier.

—Lo imagino.

—Hace muy poco que regresó a Valladolid, ha estado viviendo en Oviedo y para colmo es de las que siempre ha usado el apellido del marido. Aquí tienes el número de teléfono. Lo mejor es que la llames y quedes con ella.

—Muchísimas gracias, Javier.

—Y no dudes en enviarme cualquier cosa que averigües —dice antes de marcharse.

Nos despedimos y el corazón me va a estallar. Ese papel que me ha entregado, con el número de teléfono de Lola, es tan valioso como el mapa de un tesoro. Es mejor que la llame desde casa, por la noche será más fácil localizarla; además, necesito a Gonzalo a mi lado. Lo guardo en el bolso y suspiro. Elenita patalea, también está contenta.

—¿Doña Lola Aguado, por favor? —pregunto mientras aprieto fuerte la mano de Gonzalo.

—Soy yo. ¿Quién es?

—Buenas noches. Mire, soy la hija de Elena García Jurado. No sé si se acordará de ella, se conocieron en la residencia de monjas...

—Por supuesto que me acuerdo —me interrumpe—. Elena, que era de Medina del Campo. Fue mi compañera de habitación.

—Sí. Verá, mi madre ha fallecido recientemente y me gustaría poder hablar con usted.

—¡Vaya por Dios! Lo siento mucho. Claro, hija, no tengo ningún inconveniente. Estoy viuda y jubilada, cualquier cosa que me saque de la rutina me sirve de diversión.

—¿Le parece que nos veamos mañana para desayunar?

—Perfecto. Si quiere quedamos en la Cafetería Palafox, me pilla muy cerca de casa. ¿A qué hora?

—A las diez me vendría bien.

—De acuerdo. Hasta mañana. Y le reitero mis condolencias.

—Gracias, doña Lola. —Cuelgo el teléfono, me giro hacia mi marido—. Hemos quedado mañana a las diez.

—Lo sé, cariño, te he escuchado. Anda, ven aquí.

Gonzalo me acoge entre sus brazos y me mima. Estoy feliz y al mismo tiempo siento un hormigueo en el estómago al recordar mi cita; parece que estamos en la recta final. Tengo la impresión que una cosa llevará a otra hasta descubrir la verdad. Me gustaría que todo finalizara antes de que nazca Elenita, entonces ella será la que ocupe mi tiempo.

Camino rápido hacia la Cafetería Palafox para encontrarme con Lola Aguado, la reunión de la mañana me ha entretenido más de lo que esperaba. Al abrir la puerta de la cafetería, una señora alta y bien vestida levanta la mano y me hace gestos para que me acerque. Me encamino hacia donde se encuentra, un poco extrañada de que me haya reconocido nada más verme.

—¡Eres igual que tu madre! —dice mientras se levanta para abrazarme—. Además, estás embarazada, como ella la última vez que la vi.

X

La sorpresa con la que me recibe me deja aturdida durante unos minutos. No sé qué decir ante esa inesperada y tremenda confidencia.

Luego, cuando me pregunta por el auténtico motivo de nuestro encuentro, mis palabras surgen vacilantes y van detallando la repentina y desafortunada muerte de mamá a bordo de aquel avión. Lola se echa a llorar y yo con ella.

Una vez repuestas, me habla de la época de estudiantes, y de la que compartieron, y de la que mamá nunca me había referido nada. Con voz entrecortada comienza un pausado relato de cómo se conocieron y de lo amigas que llegaron a ser en aquel año que compartieron habitación. Según Lola, lo de Ricardo y mamá fue un auténtico flechazo, estaban hechos el uno para el otro.

—Lo del embarazo no se lo esperaba, como es natural —dice negando con la cabeza—. Elena era una chiquilla inexperta, en realidad los dos lo eran; se dejaron llevar por la pasión, aunque aquel accidente los unió aún más. Pensaron que podría acelerar su casamiento.

Cuando mi madre supo que estaba embarazada se lo confesó a ella.

—Nadie se dio cuenta porque Elena era muy delgada y casi no se le notaba. Cuando nos despedimos por las vacaciones de verano, estaba casi de seis meses. Su plan era contárselo a sus padres en cuanto llegara a Medina del Campo; y a los pocos días, Ricardo se presentaría para pedir su mano. Nunca supe nada más de tu madre, ni de su hijo ni de Ricardo.

Quiero saber más y pregunto con tiento, intentando disimular la terrible sacudida que me provoca escuchar de sus labios aquel relato. Cuando le cuento que mamá no se había casado con Ricardo y que no había ningún niño, no puede creerlo. Desolada, repite con insistencia que eso es imposible.

—Tu madre estaba aterrada por la reacción que tendría tu abuelo; yo intentaba tranquilizarla y también Ricardo. ¡Se querían tanto! —exclama con pesar.

Me despido de Lola con un entrañable abrazo. Antes de atravesar la puerta de la cafetería, vuelvo la cabeza y compruebo que está llorando. Llora por Elena y Ricardo, porque no existe el fruto de su amor y porque la vida les ha jugado una mala pasada. Ella llora y yo me marcho con el secreto de Elena quemando mis entrañas.

Mamá se había quedado embarazada de Ricardo, me repito a mí misma sin cesar; pero ¿qué fue de ese niño? De pronto, me viene a la cabeza algo de lo escrito en la cuartilla que encontré en el bolsillo del abrigo de mamá. Llego al despacho, busco el cuaderno y releo:

«Elena, te escribí muchas cartas en contestación a aquella en la que me detallabas el terrible suceso, que no tuvieron respuesta... Desesperado por no recibir noticias tuyas, pensé que lo "sucedido" te habría alejado de mí...»

Esas líneas cobran sentido, seguro que el niño murió. ¡Qué tragedia! Sin embargo, no entiendo por qué mamá no quiso volver con Ricardo si le quería tanto como dice Lola; ni siquiera respondió a sus cartas y nadie ha hablado nunca de ese niño. O nadie quiere hablar de ello o todos lo ignoran. Un muro de silencio bordea ese hecho.

El corazón me da un vuelco al pensar en papá. ¿Lo sabrá?

La desesperación me embarga. Todo esto me supera. Doy respuesta a una cuestión y de la mano surgen muchas más preguntas. Esa vida anodina en la que estaba sumergida y que tantas veces reproché a mamá encerraba una terrible historia sin final feliz.

Doy un rápido repaso a lo que hasta ahora sé, antes de planear el siguiente movimiento; aunque mi madrina esté algo triste por la muerte de su marido, tengo que hablar con ella. Es la única que en verdad puede saber qué pasó cuando mi madre llegó a Medina con el problema del embarazo.

—¿Tu madre embarazada? Esa señora está demente.

—Que no, Gonzalo. Lola está en perfectas facultades. Además, ha hablado de ellos como quien habla de ir a comprar el pan, por eso te digo que el secretismo procede de cuando mi madre se fue a Medina.

—Pero si me has dicho que en la residencia donde vivía también lo ocultó.

—Lógico. Estamos hablando de finales de los años sesenta. No creo que en aquella época se tratara a la ligera un embarazo fuera del matrimonio. No lo publicó, aunque se lo dijo a la persona con la que tenía más confianza, a su amiga. No imagino qué pudo ocurrir cuando llegó a Medina.

—Lo normal es que tus abuelos la obligaran a casarse.

—Yo también he dado vueltas a esa idea, algo tuvo que ocurrir. ¿Y si el niño murió?

—Puede ser, pero si como te ha dicho estaba de seis meses, le habría dado tiempo a casarse antes de que naciera.

—No sé qué pensar. Estoy hecha un lío.

—¿Vas a continuar sin decir nada a tu padre?

—Después de la conversación que mantuve sobre la venta de la casa y de comprobar que no sabía nada, prefiero ir con cuidado. No sé hasta qué punto está al corriente de esos años de la vida de mamá, no me gustaría alarmarlo sin motivo.

—Buena idea. ¿Vamos el domingo a Zamora para hablar con tu tía?

—He pensado que sería mejor ir entre semana, pediré un día en el trabajo. Así estará sola y podremos hablar con mayor libertad.

—Entonces no podré acompañarte.

—Es verdad, pero no hay otra solución —digo acercándome para abrazarlo y aprovechar para sentarme en sus piernas—. Necesito que me mimes un poco, todo está resultando más duro de lo que imaginaba.

—No sé si podré, te estás poniendo como una bolita —dice riendo.

—¡Qué rápido transcurre el tiempo! En algo más de dos meses tendremos a esta personita en casa.

El locutor del programa de la radio, que salta nada más arrancar el coche, interrumpe la canción para anunciar que son las nueve en punto de la mañana. Subo despacio la empinada rampa de la cochera y, al desembocar en la calle, el sol me ciega un instante hasta que adecuo la vista. No he querido avisar de mi visita, de manera que voy a la aventura; no sé con qué me encontraré ni si seré bien recibida.

La música me acompaña durante el trayecto, voy tarareando alguna que otra canción para mantener mi mente ocupada. A pesar de ello, se suceden, unas tras otras, preguntas relativas a la conversación que he de mantener con mi tía María. Ni siquiera sé si ya le habrán comunicado la muerte de su hermana.

Me cuesta dar con el bloque, situado en una zona nueva de las afueras, donde reside su hija, con la que se ha ido a vivir tras el fallecimiento de su marido, el tío Mateo. Aprovecho que una vecina sale para entrar. En el ascensor pulso el número ocho.

Llamo al timbre y me abre la puerta una chica joven, sudamericana, a juzgar por sus rasgos faciales y su deje al hablar. Me identifico y me hace pasar a la sala donde está mi tía. Al verme se levanta, viene hacia mí y me besa con afecto. Sus ojos se empequeñecen entre las patas de gallo al sonreír. La miro con detenimiento, me sorprende lo que se parece a mamá, es como si la estuviera viendo. Gonzalo llevaba razón. Su menudo cuerpo se esconde tras un abrigado vestido de lana verde de manga larga, demasiado grueso para la temperatura que hace. Su pelo, antaño negro, se ha tornado gris plata por efecto de las canas que no oculta. Como siempre, lo recoge en un moño italiano; igual que mamá. Me toma del brazo y me lleva hasta el sofá, donde nos sentamos.

—No sabes la de veces que he estado tentada de llamarte, pero me sentía tan débil... Ahora que estás aquí, veo que fue una equivocación. No quiero que pienses que no me ha afectado la muerte de tu madre, es que han sido dos muertes muy seguidas y...

La interrumpo para calmarla al detectar sus ojos vidriosos.

—No te preocupes, madrina, lo entiendo. Todo ha sido tan rápido e inesperado que ni yo misma me he hecho aún a la idea. Tus hijos me dijeron lo triste que te sentías por la muerte del tío. Me pareció bien cuando decidieron esperar a que te recuperaras un poco para comunicarte la muerte de mamá.

—Y así fue. Ahora me estoy medicando, día a día me siento un poquito mejor. ¿Cómo va tu embarazo, preciosa?

—Muy bien, gracias a Dios. Es una niña y la vamos a llamar Elena —digo con rotundidad.

—Tu madre habría sido muy feliz con esa decisión.

—Madrina, lo que me ha traído aquí ha sido esta postal —digo sacándola del bolso, que he dejado en la silla de al lado—. La llevaba entre sus cosas cuando le sorprendió la muerte en el avión. ¿Mamá iba a Nueva York a buscar a Ricardo?

En su cara no advierto sorpresa ante mi pregunta. Sabe de qué hablo. La miro fijamente. Calla. Le suplico con los ojos que diga algo que alivie mi incertidumbre. Sus labios se mueven y un hilo de voz sale de su garganta.

—Ya es hora de terminar con tanto secreto. Lo que le hicimos a tu madre no tiene nombre. ¡Me siento tan culpable!

Sus palabras me confunden. La observo en silencio con el corazón roto.

—Tu madre llegó de Valladolid embarazada de Ricardo.

Asiento con la cabeza y me pregunta si ya lo sabía. Le cuento por encima lo que Lola me dijo. Continúa hablando despacio y sin dejar de mirarme.

—Con la primera que habló fue conmigo. A pesar de los años que nos separaban, estábamos bastante unidas. Ni siquiera sabía que se había echado novio, y cuando me contó que esperaba un hijo me quedé de piedra. No se apreciaba nada, tal vez parecía un poco más gordita, pero ya está. Ella confiaba en mí, y yo, en lugar de comprenderla y apoyarla, le eché una reprimenda de tres pares de narices.

Sin pestañear, atenta a lo que dice, comienzo a urdir una trama que se completa con cada palabra que añade al relato.

—Era toda felicidad. Sus ojos brillaban mientras declaraba que quería con locura a Ricardo. Temía la reacción de tu abuelo y, a pesar de ello, estaba convencida de que todo saldría bien. Me habló de lo buen chico que era, de cómo habían planeado su boda y de dónde irían a vivir mientras él se especializaba, porque acababa de terminar la carrera de Medicina. Al mismo tiempo que la escuchaba, pensaba en lo que ocurriría cuando contara a nuestro padre que estaba embarazada. Era tan estricto en todos los aspectos que aquella bomba seguro causaría un desastre sin precedentes en la familia. Y así fue... Tu madre me pidió que la acompañara cuando fuese a dar la noticia y no quise.

Las lágrimas resbalan por sus mejillas sin interrumpir su narración. Demasiados años callando, penando por no haber sabido responder a la llamada de auxilio de su hermana.

—Le dije que no tuviera prisa; yo pretendía retrasar lo inaplazable, evitar a toda costa el enfrentamiento, y le supliqué que esperara, a ver si se me ocurría algo. Nuestra madre estaba muy enferma, no podía ayudarnos. Ella insistía, estaba de seis meses y muy pronto no podría ocultarlo. Llevaba razón. María, tu abuelo era un monstruo y yo la dejé sola con él. Era tan joven... —se lamenta entre sollozos.

—¿Por qué lo hiciste?

—Fui una cobarde. Nunca me lo he perdonado. Ante mi rechazo, acudió a Carmen y a Pilar, pero obtuvo la misma respuesta. Ninguna quiso involucrarse en su problema. Se enfrentó sola al demonio.

—Ahora comprendo por qué mi madre mantenía alejada a la familia —le echo en cara.

Sin atender a lo que digo, sigue confesando lo que ha ocultado durante años, un acto de contrición con el que espera sea perdonado su pecado.

—Fue un infierno. Se lo dijo a tu abuela esperando ese consuelo que todas le negamos. Tampoco lo encontró en ella, no porque no quisiera procurárselo, sino porque no tenía fuerzas ni para tirar de su alma. Lloró hasta que sus ojos no lo resistieron más y se entristeció por su hija y por lo que pudiera sucederle. Tu madre, una valiente enamorada, continuó en sus trece. Armada de valor, se encerró en el despacho con tu abuelo y se lo contó.

Hace un alto y me pide un vaso de agua. Voy hasta la cocina. Cuando regreso no la encuentro en el salón. No sé qué hacer. Un absurdo mal presentimiento recorre mi mente. La depresión, la culpa, el remordimiento... ¿No habrá hecho una tontería?

La llamo, y no me responde. Quiero gritar su nombre, pero no me sale la voz del cuerpo. Me siento, debo serenarme. No puedo respirar, seguro que no es nada, me digo; y entonces la veo aparecer arrastrando los pies, encorvada, como si hubiera envejecido en los últimos minutos. Lleva una fotografía en la mano.

—Me ha costado dar con ella, creía tenerla localizada y no era así. Mira, esta foto me la envió tu madre poco antes de Navidad.

Una foto en blanco y negro en la que mamá aparece vestida con el uniforme de enfermera. Una gran cofia corona su cabeza. Nunca me la imaginé vestida así. Sonríe a la cámara al lado de los pies de la cama de un enfermo, junto a un carrito metálico. Una imagen opuesta a la del día de su boda. Mi madrina se acerca, me señala una desvaída imagen que se intuye al fondo, casi indistinguible, alguien con una bata blanca, y me dice que ese es Ricardo.

La angustia vivida instantes antes y la emoción que me produce ver a mamá, por primera vez, a esa edad, me provoca un llanto inconsolable. Nos abrazamos y dejamos que el correr del tiempo nos vaya serenando. Mi madrina continúa su relato.

—Los gritos de mi padre cuando se enteró retumbaron en el alto techo, transmitiéndose a toda la casa. Yo estaba arriba, en la habitación de mi madre; cogidas de la mano, escuchábamos sin poder creer lo que llegaba hasta nuestros oídos. Los insultos más horribles que puedas imaginar salían de su boca. Tu abuela me pidió que la ayudara a levantarse, quería bajar. Librar a su querida hija de las garras del monstruo... Llegamos justo en el instante en que tu abuelo le daba una bofetada; Elena perdió el equilibrio y cayó al suelo. Mi padre tenía la cara desencajada, los ojos a punto de salirse de las órbitas, la frente plegada en un sinfín de arrugas, y escupía improperios sin parar. Su odio era infernal y su furia crecía por momentos. La abuela, sin fuerzas, lo agarró como pudo para que no siguiera pegándole. Mientras, Elena, a cuatro patas, intentaba levantarse con un grito de dolor entre sus dientes. Me acerqué para socorrerla y me apartó con energía de su mano. No quería mi ayuda.

—¡Qué salvaje! No puedo entender cómo se puede tratar así a las personas, y menos a quien es carne de tu carne. ¿Te das cuenta de lo que tuvo que pasar mi madre?, ¿cómo fuisteis capaces de dejarla sola ante ese miserable ser?

—Quizá no llegues a entenderlo nunca, pero le teníamos pavor. Nuestras vidas fueron un espanto con tu abuelo como dueño y señor. El maltrato, de todo tipo, al que nos sometió nos marcó para siempre.

—Hace poco estuve con Matilde, la hija de tía Carmen, me habló de la vara...

—La vara es lo de menos. Eso era tangible, sabíamos cómo actuaba y cuánto dolía. Penábamos los insultos, el menosprecio, el odio que destilaba cuando no se hacía lo que mandaba y, lo más repugnante, sus caricias...

—¡Dios mío! No puede ser.

—Nos sometió a un tormento continuo entre los muros de aquella casa. Oculto a los ojos de los demás y amparado por el prestigio social que le confería ser considerado una de las personas más relevantes del pueblo, nadie sospechó jamás cómo era realmente. Cuando tu madre nació, ya estaba mayor y su carácter dominante se había suavizado algo. Ella sintió su furia exacerbada en pocas ocasiones, pero para nosotras era como meternos de lleno en la boca del lobo. El miedo nos paralizó. No sabes cuántas veces me he echado en cara no haber tenido la valentía de ayudar a tu madre, de enfrentarme a él. Con el tiempo, el intenso odio de tu madre hacia mí se fue desvaneciendo. Cuando me ofreció que fuera tu madrina me dio una gran alegría, era el inicio de la reconciliación; pero... ha muerto sin que pudiera pedirle perdón.

Se produce un profundo silencio, interrumpido tímidamente por sus sollozos. Ha desahogado su alma, pero cada detalle de lo que ha contado me aplasta como una losa. Apenas puedo respirar, las náuseas se adueñan de mi estómago y una dolorosa sensación de pánico se apodera de mí poco a poco.

—Si me hubieras llamado, habría ido a Zamora a por ti. En ese estado no deberías haber conducido.

—Ni lo pensé. Cuando salí de la casa de mi madrina no sabía ni dónde estaba. Subí al coche y, como una autómata, conduje hasta llegar a casa. Luego, no pude más y me derrumbé.

—María, estoy preocupado. ¿Quieres que pida cita al médico?

—Estoy bien, de verdad, solo algo cansada. Voy a echarme un rato. Luego te cuento, ahora no me veo capaz.

Cierro los ojos y me duermo. El horror llega al despertar. Demasiadas impresiones sin digerir. Las frases de mi madrina golpean mi cerebro haciéndome revivir aquel calvario. Quiero gritarle que se calle, que no deseo saber nada más, que la ignorancia a veces es buena para mantener a salvo a tus elefantes blancos, pero ella necesita el perdón. Purgar sus pecados mediante una exposición detallada que me aguijonea hasta hacerme sangrar.

«Los días siguientes fueron una batalla campal en la que mi padre no daba ni un instante de respiro a tu madre. Por supuesto, se negó a que Ricardo se presentara allí. Y tu madre, que en un principio se mantenía fuerte, con el tiempo desfalleció ante tanto maltrato. Nuestra madre empeoraba por días; ella no se separó de la cabecera de su cama mientras su barriga hacía su estelar aparición y el bestia de tu abuelo le prohibió salir a la calle. La excusa la tenía en bandeja con la enfermedad de mamá. Nadie entraba y nadie salía de la casa. Vivieron unos meses como ermitaños, con la sola intromisión de don Nicolás, el médico, que guardaba bajo secreto profesional lo que se cocía dentro de aquellas paredes. Mientras, él buscaba una solución que pusiera fin al sufrimiento que su pecadora hija había provocado en aquella honorable, católica y apostólica familia.

»En las visitas que hacíamos a nuestra madre, Elena nunca estaba presente. Ella aguardaba, por imposición de tu abuelo, en su dormitorio hasta que nos marchábamos. Teníamos prohibido mantener contacto con ella, y nosotras, como unas imbéciles, atrapadas en aquella tela de araña de maldad, nos prestábamos a su tétrico juego, miedosas, sin elevar la voz lo más mínimo, dejando desamparada a tu madre, que intentaba sobrevivir a la cólera de aquel monstruo.

»Estuvo de parto dos días, acompañada de don Nicolás. Agotada por el esfuerzo, perdió el conocimiento poco antes de dar a luz a un precioso niño, le oí decir al médico. Ya no supe más. Tu abuelo le dijo que había muerto.»

Palpo mi vientre, inspiro profundamente porque el aire no entra en mis agarrotados pulmones. Me hundo en una inmensa negrura que me expande por el universo. Intento resistir, asirme, pero las fuerzas me abandonan. Sin poder hacer nada, me dejo llevar hacia otra dimensión en compañía de mi madre y de mi hija; mecida por los largos brazos de la inconsciencia, oigo como en un susurro la voz de Gonzalo, que se confunde con otras voces aceleradas, apuradas, que no reconozco. Después, un completo silencio, el sosiego, la paz.

XI

Despierto en la aséptica habitación de un hospital. Cierro los párpados intentando despejarme de lo que parece un sueño. Al abrir los ojos, continúo allí, con Gonzalo, cabizbajo, a un lado de la cama, y detrás de él, Tomás, mi hermano. En el brazo una aguja introduce en mi vena, gota a gota, un líquido transparente. El presagio de que algo no anda bien me bloquea. No me atrevo a preguntar. Cierro los ojos, no puedo evitar que las lágrimas escapen por mis mejillas.

Gonzalo levanta la cabeza y me ve llorar.

—Qué susto nos has dado, cariño —dice limpiando mi cara.

Mi hermano se acerca, sonríe.

—¿Qué hago en el hospital? ¿Qué me ha pasado? —pregunto con miedo.

—Fui a despertarte y no respondías. Llamé a la ambulancia. Tardó pocos minutos en llegar, pero la espera se me hizo interminable. Te hablaba y... se me hizo eterno —dice mientras me besa la mano—. Tenías la tensión por los suelos y el azúcar muy bajo. Te pusieron un suero, comenzaste a recuperarte, aunque seguías sin despertar completamente. Quisieron traerte al hospital para hacerte una ecografía y comprobar que la niña no había sufrido daño.

—¡Oh, Dios mío! —exclamo mientras busco debajo de las sábanas.

Tocar el abultado vientre me tranquiliza, aún más cuando capto un leve movimiento de mi hija.

—¡Dime que todo está bien! —le suplico.

—Sí, cariño.

—¡Gracias a Dios! ¿No me estarás engañando?

—Yo mismo estaba delante cuando te han realizado la ecografía. Está perfecta. Las dos estáis bien.

Me relajo al escuchar que Elenita no tiene problemas. Entonces, me viene el recuerdo del desagradable despertar que tuve y como, poco a poco, me iba adentrado en una cautivante oscuridad.

—Telefoneé a tu padre, pero no tenía cobertura. Se lo dije a Dolores por si pasaba por casa, también llamé a Tomás.

—Veo que avisaste a la infantería, a la caballería y a las fuerzas acorazadas —bromeo.

—Menudo susto nos has dado, hermanita —dice Tomás mientras se sienta en la cama y acaricia mis piernas por encima de la colcha.

—No sé qué me pasó, por un instante sentí como si la vida me abandonara —balbuceo.

—Seguro que te fuiste a Zamora sin desayunar —me riñe Gonzalo.

—Estaba muy nerviosa, no me entraba nada en el estómago.

—¿Y se puede saber qué se te había perdido en Zamora? —pregunta mi hermano.

No sé qué responder. Me sorprende que Gonzalo

haya dicho dónde había estado. Era algo entre él y yo. Le echo una mirada desafiante que capta al instante. Su respuesta no se hace esperar.

—Es el momento de que te sinceres con él. Fíjate adónde está llevando todo esto. Si el mareo te hubiera dado conduciendo, ahora mismo en lugar de estar aquí regañándote estaría en el tanatorio, y por una estupidez podría haber perdido lo que más quiero en este mundo.

—¡Venga, hermanita! Ya soy una persona respetable. Puedes confiar en mí —dice con una risilla nerviosa.

Estoy cansada. Solo quiero cerrar los ojos, pero tengo miedo de perderme de nuevo en la negrura. ¿Y si Gonzalo tiene razón? He cometido una locura. Con lo impresionada que estaba, no debería haber conducido. Mi madrina me ofreció comer con ella, pero yo no veía el momento de salir de allí. Quedarme a solas con lo que me había contado: una terrible historia de violencia, de sinrazón, de desamor, de soledad, protagonizada por quien me había dado la vida.

—Mamá tuvo un hijo —suelto sin pensar.

—¡Claro! Un hijo y una hija —responde bromeando.

—¡Mamá tuvo un hijo con otro hombre! —grito.

Mi hermano calla, no pregunta. No es la reacción que esperaba. Sereno ante un descubrimiento de tal calibre. ¿Y si estaba al tanto de lo que le he comunicado...? Gonzalo también lo capta, se impacienta ante su mutismo.

Unos toques en la puerta nos sobresaltan. Mi padre entra lívido, con la cara desencajada, y se apresura a llegar a mi lado.

—¿Cómo estás, hija? —dice, y me besa la frente—. Hola, Gonzalo.

—Bien, papá. No te preocupes. Ha sido un mareo.

—Qué mala pata. Me quedé sin batería, por eso no recibí tu llamada, Gonzalo. Me lo ha dicho Dolores. ¿De verdad que estás bien? ¿Y la niña? ¿Hasta cuándo te quedarás?

—Las dos estamos bien, y no sé hasta cuándo me tendrán aquí.

—Pasaremos la noche en el hospital. Mañana, si todo sigue igual, nos iremos —dice Gonzalo.

Mi hermano, que se había alejado de la cama en cuanto vio aparecer a mi padre, apunta que hay demasiadas personas en la habitación, que se baja a la cafetería. Entonces, mi padre se da cuenta de que está ahí. Ofuscado por la noticia, había entrado ciego a todo lo que no fuera interesarse por mi salud.

—Tomás, no te había visto, perdona —se excusa mientras va hacia él y lo abraza.

Mi hermano, estupefacto ante tanta amabilidad y demostración de cariño, responde al abrazo y sin decir nada más sale de la habitación. Aún no se ha cerrado la puerta cuando papá exclama:

—¡No puedo con esos pelos! No parece hijo mío.

—Qué más da, papá. Cada uno es como es. Lo importante es lo de dentro. Cuanto más te opongas, más los llevará. Precisamente es lo único que lo diferencia de ti, el pelo y la vestimenta, porque en lo demás sois idénticos.

Durante un rato los tres charlamos. Intentamos dejar atrás el susto que nos hemos llevado; por un instante siento que somos una familia feliz. El acercamiento de mi padre a mi hermano quizá ponga punto final a sus desencuentros, no sé si será más una realidad que un gran deseo. Sin embargo, no puedo quitarme de la cabeza que mi hermano sabía de qué le hablaba.

—Si no os importa, me gustaría descansar un poco.

—Es lo que debes hacer. Voy a hablar con la enfermera, que dijo que te iban a extraer sangre para hacerte una analítica completa y aún no han venido.

—Yo me marcho, tengo una reunión. Gonzalo, si necesitas algo llámame, ya tengo el teléfono operativo. Y tú, mi niña, cuídate mucho —dice mientras se agacha para besarme.

Me quedo sola, pero no descanso, sino que aún doy más vueltas a mi extraña sensación. Al poco, Gonzalo regresa francamente agitado.

—Se ha marchado, no está en la cafetería. Le he telefoneado pero no contesta.

—Tía María me ha contado cosas horribles de mi abuelo. Gonzalo, mi madre y sus hermanas fueron maltratadas, vejadas por ese monstruo. Encerró a mi madre cuando se enteró de que estaba embarazada, y dio a luz un precioso niño. Ella misma lo oyó de labios del médico.

—Entonces, ¿tienes otro hermano?

—No lo sé. Del niño nunca se supo nada más. Mi abuelo comunicó a mi madre que había muerto.

—¡Por Dios!, estamos como al principio.

—No, Gonzalo, mucho peor. Y tengo la impresión de que Tomás lo sabía.

Ya estoy en casa. El médico me ha ordenado reposo durante unos días. Debo tomarme la vida con más calma. No quiero dejarme influir por lo que voy descubriendo, pero es imposible. Cada vez que hago una incursión en la espesa maleza de secretismo que ha rodeado la vida y la muerte de mi madre, me siento más defraudada. Mi hermano sigue ilocalizable, como si se hubiera volatilizado tras lo sucedido en el hospital, lo que me confirma que sabía de qué hablaba. Me desconcierta que lo supiera y aún más su manera de actuar. No sé por qué o de qué se esconde. El hecho de que mi madre contara la verdad de su vida a mi hermano me produce un gran cabreo y no contra él, sino contra mi madre, que no confió en mí y sí en él. ¿Envidia? Tal vez, o simplemente dolor, al comprobar que la relación que manteníamos las dos, y que yo creía especial, no lo era.

—¿Estás dormida? —me pregunta Gonzalo muy bajito.

—No, cariño.

—Ha llamado Javier, quería hablar contigo. Cuando le he contado lo que te pasó ayer, ha dicho que te llamará otro día.

—¿Por qué has hecho eso? Seguro que tenía noticias de Ricardo.

—María, te han recomendado tranquilidad. Acabamos de pasar un buen susto. ¿Por qué no lo dejas todo hasta que nazca la niña?

—Luego sí que no tendré tiempo. Además quiero dedicarme a ella por completo, dejar atrás esta mala experiencia. Esto es como una terrible pesadilla de la que necesito despertar cuanto antes. Ya estamos muy cerca del final. Solo nos queda cerrar el círculo, y Ricardo puede ayudar. Por favor, dame el móvil, voy a llamarlo para que se pase por casa. No te preocupes por mí, me cuidaré, desayunaré bien y dejaré que me mimes —digo apretando su mano.

—De acuerdo, pero como vea que te alteras mucho con lo que te anuncie, lo echo de casa.

La amenaza de mi marido va en serio. Comprendo su miedo y su preocupación. Yo también preferiría no estar implicada en esta desesperada búsqueda, que mamá estuviera ahora sentada en su mecedora leyendo alguna novela histórica, a las que era tan aficionada; poder abrazarla y que me susurrara que todo irá bien...

Javier aparece una hora después de que haya contactado con él. Viste de manera informal, casi no lo reconozco en vaqueros y con una camisa de *sport* con los puños remangados. Gonzalo le advierte sobre las recomendaciones del médico. Lo interrumpo, ansiosa por conocer las noticias que me trae el detective sobre Ricardo.

Javier abre una carpeta roja que lleva en la mano.

—Se llama Ricardo Fortea Salazar y es jefe del Servicio de Medicina Interna en el Lenox Hill Hospital de Nueva York. Tiene sesenta años, su familia es oriunda de Tudela del Duero. He indagado en el pueblo, allí no le queda familia. Ricardo nunca se ha casado. Posee una vivienda frente a Central Park, en un edificio antiguo rehabilitado de alto *standing*, en la que vive solo con una asistenta, una mujer hispana; diría que su nivel económico es alto. He conseguido su teléfono del hospital y el de su casa. Aquí en la carpeta está todo lo que te he contado y algo más.

—¿El qué?

—He incluido algunas imágenes de Ricardo que encontré por Internet, es toda una eminencia médica. Ahora me marcho, no quiero cansarte. Gonzalo me ha amenazado de muerte, antes de entrar a verte, si no me porto bien —comenta riendo.

—No lo dudes —digo con sorna, menuda fiera es mi marido—. Gracias, Javier. Eres el mejor. ¡Si supieras cómo se va complicando esta historia!

—Si necesitas más ayuda me lo dices. Y sobre todo cuídate, esa debe ser tu prioridad. Gonzalo, no la dejes sola, que esta mujer es capaz de remover Roma con Santiago —dice dando a mi marido un fuerte apretón de manos.

Gonzalo acompaña a Javier hasta la puerta, y yo aprovecho para comenzar la lectura. Cogida con un clip, una imagen de Ricardo encabeza la primera página del expediente. La observo. La toma parece reciente, en color y muy nítida para estar sacada de Internet. Un hombre de mediana edad. La bata blanca que lleva deja ver una camisa y una corbata de rayas azules. Está sentado ante una mesa de despacho pulcramente ordenada. Un pie de foto en inglés indica que se trata de su despacho en el Lenox Hill. Debe de corresponderse con alguna entrevista.

Otra, esta vez debajo de la marquesina de entrada al hospital donde se puede leer de nuevo el nombre del mismo en letras muy grandes, lo sitúa de pie junto a bastantes colegas. Está colocado en el centro de la primera fila y compruebo que es un hombre de complexión delgada, alto y bien plantado. El pie indica que se trata de una instantánea de todos los integrantes del servicio de Medicina Interna. Vuelvo a mirar y me doy cuenta de que sonríe a la cámara. Su cara y su gesto son agradables a la vista, tuvo que ser un chico muy guapo, tal como mamá escribió en su diario, porque aún lo es a pesar de la edad.

El resto de la documentación aporta poco más de lo que Javier me ha dicho. Algún que otro apunte sobre su familia, que no me interesa, y algo sobre las mujeres con las que ha mantenido algún tipo de relación, que tampoco me concierne, puesto que pertenece a su vida privada.

—¿Algo nuevo? —me pregunta Gonzalo.

—Aquí está todo.

Coge las fotos, observa con detenimiento.

—Le voy a telefonear —digo.

—¿De verdad?

—Tiene derecho a saber que mamá ha muerto.

—Quizá ya lo sepa. Seguro que la noticia también se publicó en los periódicos locales de Nueva York.

—Imposible, recuerda que lo publicaron con sus iniciales.

—Todo depende de si él sabía que Elena viajaba en ese avión. A lo mejor, ellos habían contactado con anterioridad.

—Si así fuera, se habrá quedado esperándola. Igual piensa que se arrepintió en el último minuto. No hay otra manera de averiguarlo. Por lo menos a mí no se me ocurre otra.

Compruebo el reloj y calculo la diferencia horaria. Las doce y media de la noche en España, en Nueva York las seis y media de un viernes. Buena hora para hacer un primer intento. Si no se ha marchado de la ciudad, es fácil que esté ya en su apartamento.

Marco con el corazón en la boca. No he querido preparar nada, puesto que no sé por qué derroteros transcurrirá la conversación. Suena cinco veces antes de escuchar un ronco «¡*hello!*»

—Buenas tardes. ¿Don Ricardo Fortea, por favor? Llamo desde España.

—*Yes, it's me*. Perdón. Sí, soy yo.

—Soy la hija de Elena —digo con voz titubeante, sin especificar nada más.

—¿Cómo?

—Le decía que soy la hija de Elena García Jurado. —Ahora más serena.

—¿La hija de Elena... Elena?

—Sí. Mi nombre es María.

El silencio que transcurre tras la breve presentación pone de manifiesto que Ricardo intuye que la llamada esconde algo desagradable. Rompo la turbadora pausa.

—Me he permitido telefonear porque he sabido que usted era amigo de mi madre —callo, realizo una profunda inspiración que ayuda a que el aire ventile mis pulmones—, pensé que debía comunicarle... que Elena, mi madre, ha fallecido.

—¿Cómo? ¿Elena ha muerto?

—Sí.

—¡No es posible! Debe de ser una confusión. ¿Seguro que se refiere a Elena García, de Medina del Campo, que vive en Valladolid?

En ese instante, siento una gran pena por él, está experimentando el mismo dolor que yo sentí ante la llamada de mi padre.

—Mi madre murió de un infarto a bordo de un avión.

—¿Elena ha muerto en un avión?

—Iba a Nueva York, supongo que a encontrarse con usted.

Su respuesta me ratifica lo que ya sé, no me escucha.

—¿Un infarto en un avión? ¿Y dice que volaba hacia Nueva York? —repite mis frases una y otra vez—. ¿Le importaría darme un teléfono donde pudiera contactar con usted? En este momento me temo que no puedo continuar hablando —dice con la voz quebrada por el llanto.

Se lo dicto. Cuelga y el pitido se apodera de la línea.

Un terrible vacío en el estómago se convierte en una escandalosa arcada. Gonzalo me mira con rostro severo desde su asiento, y yo... me echo a llorar.

XII

Estos días de reposo me han servido para preparar la canastilla con las cosas de Elenita. He metido unos pijamas de primera postura, un gorrito y unas manoplas para que no se arañe. Los pañales, los baberos, chupetes, patucos de lana, colonia y peines.

A la hora del desayuno, Silvia se presenta en casa con un regalo. Se ha enterado de que sufrí un desmayo porque el lunes por la noche llevó a unos compañeros que habían venido de Luxemburgo a la discoteca en la que Tomás trabaja y estuvo hablando con mi hermano.

Le cuento por encima lo que he averiguado desde que nos encontramos en el parque. Hago hincapié en la extraña reacción de mi hermano y su comportamiento huidizo desde aquel día.

Igual que nosotros, piensa que la noticia no fue nueva para él. Y también se aflige cuando le hablo de la impresión que se llevó Ricardo.

—El caso es que no noté nada raro en tu hermano. Ya te digo, muy cordial con todos. Estos compañeros quedaron impresionados con su trabajo. La verdad es que cada vez hace mejor música, tiene un toque especial que te engancha.

—Por fin encontró su camino —digo riendo—. Me alegro por él, pero su reacción no fue normal, y menos que no haya vuelto a contactar con ninguno de nosotros. Al menos, ahora, sabemos que está bien y trabajando.

—Dale tiempo. A Tomás todo le cuesta un gran esfuerzo.

—Lo sé, Silvia. ¿Qué otra cosa puedo hacer?

—Dejemos las tristezas a un lado y disfrutemos de lo que está por venir. ¡Anda!, abre el regalo.

Una caja con un gran lazo rosa y dentro, envuelto en papel de seda, un trajecito.

—¡Oh! ¡Me encanta! Es precioso. Este me lo voy a llevar a la clínica. Gracias, amiga. Ahora te necesito más que nunca —digo mientras la beso.

—Estaré a tu lado, no te preocupes. Nada más verlo supe que sería para mi ahijada. Tiene un color rosa lindísimo. Y los lacitos de los puños...

—Me acabo de acordar de que mamá tejió una toquilla de lana cuando me quedé embarazada la otra vez, quizá Dolores sepa dónde la guardó.

—Te vendrá muy bien. Cada día hace más frío.

Silvia es muy distinta a mí tanto en el físico como en forma de ser. Baja de estatura, delgada como un alambre, no es demasiado agraciada. Cuando la conocí ya no usaba el corsé para corregir la escoliosis que los médicos le diagnosticaron nada más entrar en la pubertad y que la acompañó durante cinco largos años. Es admirable su poder de superación. Habla de ello sin acritud. Siempre sabe ver el lado positivo de todo lo que sucede y se ríe hasta de su propia sombra con una hilaridad contagiosa capaz de despertar una sonrisa a un muerto.

Todas las oscuras nubes que ocupan mi cabeza se alejan mientras ella está en casa. Parezco otra, disfruto del momento, me noto sosegada y por primera vez en meses siento que lo más importante es la maravillosa criatura que se gesta en mi interior.

Durante casi una hora seguimos charlando. Reímos con ganas con sus ocurrencias sobre los parecidos de la niña y la mata de pelo que va a tener según sus augurios. El tiempo pasa volando. Silvia se marcha y me deja a solas con mis reflexiones.

Dos días desde que telefoneé a Ricardo y aún no me ha devuelto la llamada. Estará asimilando la terrible noticia, me digo. No voy a insistir, ahora debe ser él quien mueva pieza. Tengo que poner punto y final a la fuga de mi hermano, si hace falta iré a la discoteca a buscarlo. Me gustaría ver qué cara pone cuando me vea aparecer.

Hablo con papá todos los días. Parece que mi desmayo sirvió para suavizar nuestras relaciones. Ha prometido venir a verme. Quiero que nos mantengamos unidos, que Elenita pueda disfrutar de la familia que le queda.

El timbre del teléfono me sobresalta. Pienso en la posibilidad de que sea la llamada que espero de Ricardo. Me equivoco, es mi madrina; quiere saber cómo he digerido la información que me facilitó. Dudo si contarle que he sufrido un bajón de azúcar; al final pienso que debe estar al corriente y, tal como me temía, la pobre comienza a lamentarse pensando que podía haber sido la causante de una desgracia mayor. La tranquilizo, charlamos y me hace prometer que la avisaré en cuanto la niña nazca. Se despide con unas palabras que me dejan intrigada: «Termina cuanto antes con el pasado, María. Debes hablar con tu padre, él no es ajeno a todo esto.»

Tras colgar, me voy a la cama. Estoy un poco cansada de tanto acertijo, más bien harta. El desánimo atrapa poco a poco mi voluntad; me siento sensible, vulnerable, física y psíquicamente. La barriga cada día es más molesta, no me encuentro cómoda en ningún lugar donde me dejo caer. No sé cómo voy a poder aguantar lo que me queda hasta la fecha prevista para el parto. Y por si fuera poco, cada día estoy más aprensiva. Cuanto más cerca veo el final, más asustada estoy.

No me reconozco en medio de tanta contradicción. La seguridad que he tenido siempre y que tanto alababan mamá y Gonzalo ha desaparecido por completo. Lo acontecido ha dado al traste con ella. Nada aparenta ser lo que es en realidad, ni nadie es lo que dice ser. Quizá tampoco la seguridad sea una de mis cualidades, sino la máscara con la que he disfrazado mis limitaciones. ¡Estoy tan confundida!

Gonzalo acaba de llegar a casa. Viene al dormitorio y se sienta a mi lado, con dulzura me palpa la barriga. Elenita se mueve contenta de sentir a su papá. No puedo imaginar mi vida sin él. Tiene la habilidad de traer la paz a mi espíritu.

—Dime que todo va a salir bien —suplico como forma mágica de anular lo que estoy sintiendo.

—Todo va a ir bien, cariño. No lo dudes —dice tranquilo, mirándome a los ojos y besando mi boca.

Esta expresión de amor me devuelve el ánimo y me confirma que todo irá como es debido. Quiero cerrar las puertas a la tortura de la especulación sobre el pasado y la perplejidad ante el inminente futuro, ante lo descono-cido. Repito, todo va a ir bien..., todo va a ir bien..., todo va a ir bien..., mientras me dejo acunar entre sus brazos.

—¿De verdad que no ves otra solución para hablar con tu hermano que presentarnos en la discoteca?

—A mí no se me ocurre otra. Y no la habría propues-to si no me hubiera dicho Silvia que se lo encontró allí. Yo pensé que se había fugado del país.

—A veces me pregunto si no me habré casado con una loca.

—Pero ¿qué tiene de malo? No creo que vaya a ser la única embarazada que acuda a esos antros de perdición —bromeo.

—¿Y qué me dices de las indicaciones del médico?

—Te prometo que no bailaré, ni beberé, ni fuma-ré, ni...

—Mira que eres cabezona. A ver, deja que vuelva a intentar localizarlo; si no es así, esta noche voy a por él y te lo traigo de una oreja para que confiese de una vez por todas. ¿Trato hecho?

—De acuerdo, me parece bien, en el fondo no me apetecía mucho ir a ese sitio —digo riendo para desespe-ración de Gonzalo, que me atormenta haciéndome cos-quillas, lo que más odio del mundo.

Las manecillas del reloj están a punto de marcar las nueve. He pasado la tarde trabajando en unos estados de cuentas que forman parte de un caso y que necesitaban con urgencia. Fuera es noche cerrada, las nubes tapan la creciente luna y las estrellas. Parece que el tiempo está cambiando, incluso se percibe en el ambiente un ligero olor a tierra mojada. Doy unos cuantos paseos por la habitación para estirar las piernas y la espalda. No he tenido noticias de Gonzalo, no sé si habrá localizado a mi hermano. Recojo los documentos y voy hacia la cocina para preparar la cena. Oigo la llave en la cerradura. Gonzalo y mi hermano entran.

—¡Mira a quién te he traído! —dice Gonzalo riendo—. Bueno, más bien lo encontré en la calle, venía hacia aquí. El mérito es suyo.

—Hola, hermanita —dice besándome.

Lo miro con cara de pocos amigos y me sonríe.

—Perdona. Necesitaba tiempo.

—Sentaos —dice Gonzalo—. Voy preparar algo de cena; mientras, podéis hablar.

Tomás me coge de la cintura y me lleva para el salón. Me pregunta por Elenita y bromea con mi figura deforme. Nos sentamos frente a frente. Su voz es fuerte, no titubea y me transmite tranquilidad. Me advierte que no le interrumpa, como si se hubiera aprendido lo que va a decir de memoria y temiera que con mi injerencia pueda olvidarlo.

—María, ¿recuerdas el día que papá me echó de casa?

Quiero gritar que sí lo recuerdo, ¡cómo iba a olvidar ese día! Sin embargo, respeto su petición y asiento con un leve movimiento de la cabeza.

—Ese día, cuando salía con la bolsa en la que había metido alguna ropa, pasé a despedirme de mamá. Estaba en su dormitorio, lloraba sin parar y al verme me abrazó. No dejaba de repetir que era el segundo hijo que perdía en su vida y que tampoco en esa ocasión podía hacer nada. La consolé y pensé que lo de «segundo» debía ser una equivocación.

Lo miro con cara de sorpresa, no necesito preguntar nada, continúa relatando.

—A la mañana siguiente, fui a verla cuando sabía que en la casa no había nadie. Bueno, Dolores brujuleaba por allí, como siempre, y nada más verme llegar también se echó a llorar; me rogó que hablara con mamá, que no se había acostado en toda la noche y no cesaba de sollozar y lamentarse. Entré a verla, estaba sentada en la calzadora de su cuarto. Tenía los ojos hinchados y unas ojeras violáceas que nunca he olvidado. Me senté a su lado y después de un largo silencio le pregunté por qué había dicho lo de «el segundo hijo» que perdía. Su respuesta fue rápida y serena. Me contó que cuando estudiaba en Valladolid conoció a un chico, se hicieron novios, se quedó embarazada pero no se casó con él y tuvo un hijo. Cuando quise saber dónde estaba, me respondió que ella lo había parido, y que luego se lo habían quitado; aunque su padre manifestó que había nacido muerto, ella había oído al médico decir que era un precioso niño.

—«Un niño precioso» —musito para no interrumpir el discurso de Tomás, y recuerdo las mismas palabras en boca de mi madrina.

—¿Imaginas lo que me entró? No sabía qué decir. Ella llevaba mucho tiempo guardando tanto dolor que fue como abrir el tarro de las esencias; no paraba de hablar: el maltrato al que la había sometido su padre, el casamiento no consentido con papá, los problemas para tener hijos..., y yo no entendía nada.

Contengo mis manos, que quieren pegarle, y me tapo la boca para no chillar que es un imbécil. Yo intentando averiguar qué había sucedido en la vida de mi madre y resulta que mi hermano está al tanto y para colmo me lo ha ocultado todos estos años.

Gonzalo entra despacio y se sienta a mi lado, se integra como un observador más de la declaración de mi hermano, que cada vez está siendo más reveladora.

—Cuando el abuelo se puso enfermo y ordenó que fuera mamá a cuidarlo, ella se opuso; luego, pensó que quizá sería una manera de sonsacarle la verdad sobre su hijo, por eso estuvo a su lado hasta que murió.

Una pesada losa me aplasta el pecho. No puedo respirar. Suspiro, sin conseguir el ansiado aire. Me levanto, inspiro profundamente y me vuelvo a sentar. No quiero desfallecer, cada vez me siento más débil, todo me da vueltas y oigo la voz de Tomás cada vez más lejana.

—Pasaban los días y el muy cabrón no abría la boca. Cercano a la muerte, el malnacido pidió perdón por todo lo que le había hecho. No quería cargar con aquella culpa y mamá lo perdonó.

—¡Qué desfachatez! —exclama Gonzalo indignado.

—En sus últimos instantes de vida le confesó que su hijo no había muerto, que se lo había entregado a una familia el mismo día que nació.

—Entonces, ¿mamá sabía que su hijo vivía?

—Sí.

—¿Y no hizo nada por buscarlo? No lo puedo creer.

—Eso mismo dije yo y me respondió, ahogada en lágrimas, que no sabía por dónde empezar. El abuelo no había dicho nada más y ella ni siquiera conocía el paradero de su novio.

—¿Cómo que no? Le escribió. Espera, voy a buscar la carta.

—¿Qué carta? —pregunta Tomás.

Mientras me alejo, oigo a Gonzalo relatar lo sucedido tras encontrar la postal de Ricardo. En el fondo me alegro de que tome la iniciativa, así me libera de tener que revivir todo aquello.

—Es verdad, mira esta cuartilla. Está fechada en 1998, y cuando papá te echó de casa era...

—1994 —responde con la seguridad que ofrecen los hechos que han dejado huella en tu biografía.

—No he encontrado el resto, ni el sobre, así que no sabemos si tuvo posibilidad de responder al remitente. La postal está fechada en 2007 —digo mientras se la enseño.

—Todo esto es de majaras. Me figuro el suplicio que tuvo que ser para mamá estar al corriente de que su hijo andaba por el mundo.

—Una tragedia —dice Gonzalo.

—Tomás, ¿mamá te llegó a contar por qué el abuelo no la dejó casarse con Ricardo?

Espero ansiosa la respuesta a la pregunta que tantas veces me he hecho. Hasta ahora nadie sabía nada de la conversación que habían mantenido cuando mamá se encerró con el abuelo en el despacho. Era el momento de saber lo que explicó uno de los protagonistas.

—Ella pensaba que el embarazo aceleraría su boda...

—¡Por Dios! ¡Dime ya qué te contestó! Llevo muchos meses intentando conocer todo y no veo el momento de que termines —exclamo impaciente.

Mi hermano, confundido ante la brusca interrupción, se paraliza y, antes de que pueda abrir la boca, me disculpo por mis malos modos.

Me mira a los ojos fijamente y continúa. Cojo la mano de Gonzalo y la aprieto.

—Al oír el nombre y apellidos del novio se puso como un energúmeno. Comenzó a insultarla, le pegó y anunció que nunca la dejaría casarse con un Fortea.

—¿Cómo? Yo no me entero, ¿y tú? —digo mirando a mi marido.

—Tranquila, María —interviene Gonzalo—. Deja que tu hermano se explique.

—Según mamá, por lo que no la dejó casarse era por la familia de su novio.

—Pero si ni siquiera son del mismo pueblo —manifiesto extrañada ante la afirmación.

—Después del parto y con su hijo muerto, mamá cayó en una profunda depresión. Coincidió con la muerte de la abuela y al poco se casó con papá.

—¿Te habló de dónde procedía el odio de su padre hacia los Fortea?

—Su padre no se lo dijo.

—¿Y por qué se casó con papá, si no lo quería?

—Era la única manera que tenía de perder de vista a su padre. Casarse era su única salida. Prefería estar con un hombre al que no amaba que con un monstruo, y resultó que aquella maniobra la libraba de uno para caer en las redes de otro.

Las palabras de Tomás me duelen. No adivino qué debió de sentir él, tan joven e impulsivo, cuando se enteró de aquella trama. Sus ojos se han puesto tristes y el desconsuelo marca el final de su explicación. Me levanto y lo abrazo.

Tomás estalla en un desconsolado llanto mientras me explica que mamá le suplicó que no me lo contara, por eso mantenía todo en secreto hasta que en la clínica yo saqué el tema. Aquella dolorosa confidencia de mamá supuso para Tomás una carga excesivamente pesada. No estaba preparado. Demasiado inmaduro y sin ganas de comprometerse con nada ni nadie, se alejó del problema en lugar de enfrentarse a él. Escogió las drogas como salida de aquel laberinto de desánimo en el que se hallaba. Las drogas le hacían sentirse bien y además justificaban su alejamiento de la familia.

Abrazados, lloramos por lo que tuvimos y perdimos, por lo que tenemos y no conocemos, por ser fruto de la incomprensión y la intransigencia, por las injusticias de la vida que te marcan a fuego.

En medio de aquella tormenta afectiva, una duda me asalta.

—Tomás, ¿tú sabías que mamá iba en ese avión?

XIII

—Buenas tardes, María. Perdona mi tardanza en llamar, pero necesitaba poner mi cabeza en orden antes de volver a hablar contigo. He sufrido un gran impacto con la noticia de la muerte de Elena, de tu madre.

—Hubiera preferido no tener que darle nunca esa terrible noticia, pero pensé que debía saberlo.

—Por favor, tutéame —dice, intentando con ello disminuir la tensión que se masca a los dos lados de la línea telefónica.

—Como quieras.

—Aunque es complicado aceptarlo y no creo que pueda superarlo en toda mi vida, te agradezco de todo corazón lo que has hecho. Nunca imaginé que ella moriría antes que yo. Siempre fantaseé con un reencuentro, con poder terminar nuestra vida juntos, como debió ser desde un principio. Eso me daba fuerzas para soportar su ausencia, para saciar el deseo de tenerla a mi lado y poder abrazarla con fuerza. Y digo fantasear, porque sabía que estaba casada y no quería entrometer el pasado en vuestra familia.

—Ha sido inesperado para todos.

—Ahora que estoy más tranquilo, me gustaría que me dijeras cómo has dado conmigo.

Le cuento la historia a partir de la postal que encontré en el bolso de mi madre y las indagaciones realizadas por Javier.

—Esa postal se la envié el día de los enamorados de hace dos años. Tantos años esperando y cuando viene a buscarme la muerte me la arrebata. ¡Qué cruel es el destino con algunas personas! ¡Qué desgracia!

Durante unos segundos el silencio regresa, interrumpido por el suave jadeo de nuestras respiraciones.

—No sé si sabrás que fuimos novios.

—Lo sé.

Titubea un instante.

—Nos conocimos en Valladolid. Cuando la vi aparecer con el delantal y la cofia blanca, que resaltaba el negro de su trenza, creí que estaba ante un ángel. Hasta mi profesor se dio cuenta, le ordenó que se acercara a nosotros. Tímidamente ella se puso a nuestra vera, se me iban los ojos tras ella. Un día me armé de valor y le pedí que saliera conmigo.

—Algo sé.

—¿Te lo contó Elena? —pregunta con curiosidad.

—No —digo apenada—. ¡Ojalá...! Por desgracia, ella no quiso compartir nada referente a esa época conmigo. Lo leí en su diario. Lo encontré en el desván de la casa de mis abuelos, en Medina.

—Sí, ahora lo recuerdo, llevaba un diario —dice y lo oigo reír—. Me habló de ello en alguna ocasión. Le preguntaba sobre lo que escribía de nosotros y se sonreía. Nunca me lo enseñó.

—De ti hablaba muy bien. Decía que eras el hombre más guapo del mundo.

—María, yo he querido a tu madre toda mi vida. Y a estas alturas, sigo sin comprender la actitud que tuvo conmigo. Sabía que ella también me amaba, no pude compartir nunca su decisión. Me marché despechado de mi país y de su lado, aunque me duró muy poco, por eso no paré hasta que la localicé. Le escribí una carta pero ni siquiera puse remite. No pretendía que se sintiera obligada a nada, solo que supiera que vivía al otro lado del océano y que entendiera por qué me marché. No me puedo quejar, he tenido un buen trabajo, una buena casa y lujos, aunque siempre me ha faltado ella a mi lado.

Escucho lo que dice. Me resulta raro que aún no haya comentado nada del embarazo. Debe de creer que, como mamá nunca me habló de él, yo ignoro ese hecho. No querrá ensuciar la memoria de mi madre. Pero ya no quiero más lagunas, ni secretos. Necesito poner todas las cartas boca arriba.

—¿Por qué no me cuentas lo del embarazo de mi madre?

Se sorprende por mi pregunta, comienza a justificarse como si yo lo culpara de lo que ocurrió.

—María, yo estaba deseando casarme con tu madre, creo que ella también. Fue un error imperdonable por mi parte. Yo era casi médico, debí utilizar medios, pero me dejé llevar por la pasión —dice azorado—. Tu madre me volvía literalmente loco. Me he culpado por ello todos los días de mi existencia. Elena era una niña, no debí ponerla en peligro. Ella tenía miedo a la reacción de su padre, yo la animaba, aunque intuía el golpe que en su familia tendría el estado en que se encontraba. Esperaba señales de ella, tal como habíamos pactado para ir a hablar con él. Al no recibirlas y pasar el tiempo, fui hasta

Medina. No pude verla por más que lo intenté. Tu abuelo me lo impidió. Vagabundeé por el pueblo hasta que me gasté todo el dinero y me tuve que marchar. Después esa carta..., ¡por Dios!

—¿Qué carta? —pregunto con cautela, recordando lo que había escrito en la cuartilla que encontré sobre un «trágico suceso».

—Me escribió diciendo que nuestro hijo había nacido muerto y que por tanto ya no existía nada que nos mantuviera unidos.

—No es cierto, nació vivo.

El silencio es tan intenso que pienso que se ha cortado la comunicación. Me quedo esperando con el corazón latiendo con tanta fuerza que retumba en mis oídos.

—No puede ser, no creo que Elena me engañara en algo tan importante.

Ricardo escucha las explicaciones que doy sobre lo que ocurrió en realidad el día del parto de mamá, a la vista de todo lo que hemos descubierto. Su silencio es interrumpido, de vez en cuando, por un escueto «sí». Lo imagino intentando asimilar la retahíla de información que le suministro y, en especial, hacerse a la idea de que es posible que tenga un hijo.

—Entonces, está vivo.

—Ha pasado mucho tiempo, pero de que nació vivo estamos seguros.

—¡Dios mío! Tengo un hijo, un hijo.

—Hay algo que me gustaría que me aclararas, si puedes, Ricardo.

—¿El qué?

—¿Tú sabes por qué mi abuelo no permitió a mamá que se casara contigo?

—No. Elena decía en la carta que me escribió que la

causa era la muerte de nuestro hijo. ¿Por qué? ¿Tú sabes algo?

—Al escuchar tu apellido, el abuelo juró que nunca permitiría que se casara con un Fortea.

—Me dejas de piedra.

—¿Nunca oíste nada que te hiciera sospechar?

—Jamás. Es verdad que yo tuve poco contacto con la familia. Mi padre estuvo en la cárcel durante la guerra y allí enfermó de tuberculosis. Cuando salió era casi un inválido, siempre estaba enfermo y pasaba grandes temporadas en el hospital. Murió cuando yo tenía nueve años. Me enviaron a Valladolid interno al colegio de San José de los jesuitas para estudiar el bachillerato, luego continué con la carrera y después, cuando me cercioré de que no tenía posibilidades con tu madre, me vine a Estados Unidos. He regresado en contadas ocasiones y siempre por cuestiones luctuosas, como el fallecimiento de mi madre o el de mi hermano.

—Eres de Tudela del Duero, ¿verdad?

—Sí, y nunca había estado en Medina hasta que fui a buscar a Elena.

—Javier, el investigador, me dijo que allí no te queda familia.

—Que yo sepa no, por lo menos cercana. Me llevaba doce años con mi hermano y cuando yo era un crío él trabajaba ya en el campo. Apenas tuvimos contacto. Mi hermana aún vive, nos llevamos diez años y se conserva muy bien. Hablaré con ella para ver si sabe algo.

—Hemos pensado, mi hermano y yo...

—¿Tienes un hermano? No me habías dicho nada.

—Perdona, como no ha salido en la conversación, se me pasó. Sí, un hermano mayor que yo; se llama Tomás, como mi padre.

Me sale espontáneo de corrido, luego me arrepiento de nombrar a mi padre delante de él, una tontería, pero me desconcierto y durante unos segundos pierdo el hilo.

—Como te decía, hemos pensado que el mismo investigador que ha dado contigo continúe sus averiguaciones hasta facilitarnos con exactitud todos los detalles de esta historia. Es de mi entera confianza, trabaja para mi bufete. Claro, siempre que a ti te parezca bien.

—Por mí, está bien. No creo que mi vida vuelva a ser la misma, y si tengo un hijo... no me gustaría morir sin conocerlo —dice apenado.

Nada más colgar, Gonzalo me acribilla a preguntas, a las que respondo sin entusiasmo. Desde que Tomás nos confesó que mamá había hablado con él, me siento fatal.

Oír de boca de mi hermano que mi madre le había contado su secreto, me cayó como un jarro de agua fría. Es inmaduro sentirme celosa por no ser la protagonista de las confidencias de mi madre, lo sé. Creía que teníamos una estrecha relación y esto me indica que era una fantasía. Para colmo, me confirmó que él sabía que viajaba a Nueva York.

Consecuente con lo que había pactado con mi madre, Tomás tardó en responder; incluso estuvo a un tris de negarlo. Menos mal que se decidió a terminar con la red de mentiras que se habían ido entretejiendo con el paso del tiempo.

Nos explicó que, tras aquella conversación, no había

vuelto a hablar con mamá de aquello, por eso le sorprendió que en el mes de mayo fuera a verlo para avisarle de que se marchaba en busca de Ricardo porque necesitaba encontrar a su otro hijo. No dijo ni cuándo ni cómo y Tomás tampoco preguntó.

Al escuchar aquello me entró un ataque de nervios y estuve a punto de tirarme a su cuello..., lo habría hecho si Gonzalo no me hubiera sujetado.

Que no nos dijera nada, ni siquiera tras su muerte, era algo difícil de perdonar; que negara con sus gestos y palabras, cuando yo obsesivamente preguntaba en aquellos complicados días qué hacía mamá en ese avión, es incomprensible. Por mucho que mi madre no quisiera que me enterara, aquella promesa perdía validez tras su muerte. No entiendo a qué ese ensañamiento con papá y conmigo, a no ser que nos castigara y de esa manera se vengara de nosotros.

Tomás no esperaba mi reacción, acostumbrado siempre a que yo sea dócil y comprensiva... Después de aquello estuvimos toda la tarde hablando; confesiones, llantos y más llantos, enigmas al descubierto, propósitos y un futuro libre de rencillas y entuertos para mi hija nos llevaron, al final, a fundirnos en un tierno abrazo donde nos reencontramos como hermanos.

—¿Y dices que Ricardo no sabía nada del odio hacia su familia? —pregunta Gonzalo.

—Se ha quedado tan sorprendido como nosotros. Javier se encargará de continuar buscando pistas a ver si damos con mi hermanastro.

—¿Cómo se ha tomado lo de que su hijo puede estar vivo?

—La nueva meta de su existencia. Antes era esperar que mi madre volviera con él, y ahora no parará hasta dar con su hijo.

Una semana de intensas lluvias ha sido la antesala de los primeros fríos, que sin darnos cuenta se nos han echado encima. Ayer estuve en el ginecólogo, me encontró muy bien. Según sus cálculos, me queda un mes. El que sea tan cercano el parto nos produce sentimientos encontrados de deseo y miedo. Gonzalo y yo no hablamos de otra cosa, fantaseamos con el momento en que tengamos a la niña en nuestros brazos.

Desde que Ricardo me telefoneó, he hablado en diversas ocasiones con él. Aún anda asimilando la noticia que le di. Me contó que durante un tiempo estuvo muy enfadado con Elena por haberle traicionado, hasta que comprendió que ella fue un peón más del juego macabro en el que el abuelo la había obligado a participar.

Lo que más le atormenta es que aún no haya pistas sobre ese niño, su hijo, y se teme lo peor, que en verdad muriera. A través de nuestras charlas, he podido sentir que Ricardo es una persona cálida, simpática y muy educada. Está deseando viajar a España para conocernos y se muestra entusiasmado con el nacimiento de Elenita. Es como si hubiera encontrado una familia a la que aferrarse tras la pérdida de lo que era su mayor ilusión, reencontrarse con mamá; lo que lo mantuvo vivo, según dice, durante todos estos años.

Echo mucho de menos a mi madre, cómo no, sin embargo ahora puedo recordarla sin que me asalte la honda tristeza o la temible curiosidad. Estoy orgullosa de saber que fue capaz de tomar una decisión en libertad movida por el amor hacia ese hijo al que no pudo acunar en sus brazos.

Mi hermano Tomás está entusiasmado con ser el padrino de mi hija y no le desagrada la idea de compartir su padrinazgo con mi amiga Silvia. Llama todos los días preguntando por nosotras y me tiene la casa llena de peluches que compra casi a diario. Sospecho que la va a malcriar.

Hoy he quedado con papá para almorzar, aprovechando que Gonzalo va a comer con sus jefes. Dolores va a preparar caldereta de cordero, que no sé si podré saborear como me gustaría, porque desde hace algunas semanas mi estómago rebosa en cuanto pruebo dos bocados. Cada vez que tengo ardor de estómago, me acuerdo de las bromas con Silvia de que Elenita tendrá una gran melena rizada.

La sentencia de mi madrina, cuando nos despedimos por teléfono, de que «papá estaba al tanto», es lo único que me inquieta últimamente. En el fondo no sé si quiero preguntar a mi padre sobre ello. Visto lo que conocemos, no sé en qué puede beneficiar meter a mi padre, otra vez, en todo este lío. Papá ya dejó clara la actitud machista que había tenido hacia mi madre en su convivencia matrimonial, y quizá eso fuese un elemento que mi madre valoró a la hora de decidirse a viajar hasta Nueva York.

Ahora que mi vida va entrando en normalidad, que puedo decir que he vuelto a encontrar la paz conmigo misma, que estoy feliz..., me espanta remover la mierda.

Hasta hace unos meses tenía a mi padre idealizado. Era el mejor del mundo, me sentía afortunada por ello. Quizá esa idílica opinión no me permitía atisbar cómo era en realidad y ahora, al albor de los problemas surgidos, se ha mostrado como verdaderamente es.

La continua irritabilidad de mi padre hacia mi hermano o mi madre la justificaba bajo frases hechas como: «es así, hay que comprenderlo, haces todo lo posible por enfadarlo, mamá, deberías acompañarlo a la cena, siempre lo dejas solo...». Sin pararme, desde mi privilegiada posición de persona querida, a meditar sobre la dificultad para convivir con una persona autoritaria, intolerante y déspota.

No he sabido reconocer sus fallos y, sin embargo, mis padres, mi hermano, mi marido, mi hija, yo misma, somos humanos con muchos defectos y, tal vez, escasas virtudes.

Contemplo la constelación familiar desde nueva óptica; mi visión de todos los integrantes ha cambiado en un signo de madurez no exento de dolor. Pero ¿hasta qué punto soy sincera? No ahondar en determinadas parcelas supone no querer enfrentarme a la totalidad de los hechos. Otra vez escondiendo la cabeza bajo tierra, cual avestruz; ignorando lo malo, sepultándolo en la memoria para no contaminar mi perfecta vida. Deseo terminar con este mundo familiar de mentiras, que Elenita nazca en un hogar en el que, desde la sinceridad y la libertad, se contemple la diversidad, se rechace la exclusión y se defienda el cariño. No puedo taparme los ojos ante la hipocresía, la patraña o la falsedad.

Debo concluir lo que empecé, hasta sus últimas consecuencias.

XIV

—¡Qué bien se está aquí! —exclamo mientras me quito el abrigo y el jersey que llevo. Se lo doy a Dolores, que espera atenta a que termine.

—Creo que la calefacción está muy alta.

—Qué va, fuera hace un frío que pela. El aire te corta la cara.

—¿Cómo estás?

—Muy bien, ya queda menos.

—Yo te veo la barriga muy baja. No creo que tarde mucho, y ya sabes que yo entiendo de estas cosas.

—Calla, calla, que todavía me queda un mes.

—Hola, preciosa —dice mi padre, que ha salido a recibirme.

—Hola, papá —digo besándolo.

—Todos a la mesa, la comida ya está —anuncia Dolores.

Han transcurrido seis meses desde la muerte de mamá y mi padre está muy bien. Ha retomado la costumbre de ir al gimnasio y las pesas ya hacen su efecto, las mangas de la camisa se le van quedando estrechas. Está sereno, cualidad que no lo caracterizaba en los últimos tiempos.

Todos nos hemos reorganizado, como hemos podido, tras el intempestivo quebranto que sacudió nuestras vidas como un fuerte terremoto.

El almuerzo ha sido muy agradable. Hemos hablado de mi posible ascenso a socia del bufete, de la crisis económica que empieza a afectar al país y la repercusión que tendrá sobre el sector financiero. Mientras conversamos, no dejo de dar vueltas a cómo sacar el tema de lo que me dijo mi tía María.

De manera sutil, expongo la cuestión de las cenizas de mamá, para recibir la misma respuesta de siempre, aún no sabe qué hacer. En su rostro se dibuja una sombra de desasosiego. No quiere entrar en profundidad, por lo que me deja en el borde del precipicio y no encuentro asidero por el que bajar. Me concentro en saborear el flan que Dolores me acaba de servir. He de ser cauta, no quiero decir nada que provoque la ira de mi padre y que se esconda tras ella para dar por concluida la charla.

Sin esperarlo, papá comienza a contarme su reunión con los de la inmobiliaria sobre la venta de la casa, extrañado, también, de que hubiera puesto un precio tan bajo.

—¿Hablaste con tu hermano de la casa?

—Aún no.

—Mientras os decidís, he dado la orden de que la retiren de la venta. ¿Qué te parece?

No sé qué responder. El interés que tenía por arreglarla desapareció al enterarme de todo lo que se coció entre sus paredes. Lo mejor sería echarla abajo y sepultar tanta maldad entre sus ruinas.

—María, ¿te pasa algo?, estás pálida.

Sin saber cómo, me sorprendo trasteando en mi bolso. Saco la postal y la pongo a su alcance.

—Quiero que hablemos sobre esto —digo—. La encontré en el bolso que mamá llevaba en el vuelo a Nueva York.

La coge y la lee. Su cara pasa del rojo al amarillo. Aprieta las mandíbulas, respira de forma agitada y rehúye mi mirada. No sabía nada de la postal, está clarísimo.

—¡Esto es una insensatez! —exclama tirándome la postal.

Dolores, que entraba al comedor, se da media vuelta al oír el grito de mi padre y corre a refugiarse en la cocina.

—No quiero discutir contigo, papá. Tranquilízate y hablemos como dos personas civilizadas. Que mamá nos dejaba es algo evidente y hemos de superarlo. Si no hubiera muerto, a estas alturas estaría con Ricardo. He descubierto muchas circunstancias de mamá que desconocía. Desde que hallé la postal, no he dejado de indagar y el puzle está casi completado. Quiero que me cuentes tu versión. Sé que no eres ajeno a esta desagradable historia.

—No sé por qué imaginé que algo de esto había tras el bombardeo de preguntas al que me sometiste en los días siguientes al entierro. No has cejado en tu empeño de poner todo patas arriba. No has tenido bastante con perderla, sino que al final todo el mundo terminará enterándose...

—¡Quién se va a enterar! No seas tremendista.

—¿Quieres saber la verdad?

—La verdad ya la sé. Quiero tu versión.

—¡Tu madre era una zorra y yo me presté a casarme con ella para lavar su deshonra!

La violencia de sus palabras es un puñal que se clava en mi corazón. Me intimida la agresividad que emana de sus palabras, y el rencor que destila su mirada. Siento unos deseos enormes de llorar, pero no lo voy a hacer. Trago de forma compulsiva la saliva que anega mi boca y suspiro, intentando recomponer la postura ante esa declaración tan cruel y dolorosa. Saco fuerzas no sé de dónde y le replico:

—¡No hables así de mi madre nunca más!

—Tengo derecho a decir de ella lo que quiera y me apetezca, y tú vas a escuchar todo lo que voy a decir para que de una vez por todas sepas quién era tu madre.

Me mira con fijeza, con los ojos desorbitados por la rabia, el resentimiento, el odio...

—Tu madre llegó al pueblo preñada de un novio que tuvo en la capital. Tu abuelo hizo lo mejor que pudo hacer para no convertirse en el hazmerreír de una cruel y cerrada sociedad rural: ocultarlo. Por suerte, el niño nació muerto. Tu abuelo habló con mi padre y decidieron que tu madre se casara conmigo. Sus buenos dineros le costó a tu abuelo que mi padre consintiera tal acuerdo. Yo fui un estúpido y acepté. Y lo hice porque no tuve más remedio. ¿Crees que yo soy un santo para aguantar con lo que otros han probado, así, sin más? Mis andanzas me habían reportado más de un disgusto con mi padre, mis deudas de juego superaban mi sueldo y se acumulaban sin remedio; me amenazó con desheredarme.

El tono de su voz es muy desagradable. Escoge y remarca las palabras que sabe me pueden herir más. No quiero intervenir, para que de una vez por todas vomite toda esa mala baba que tiene hacia ella.

—No puedes imaginar lo que es pasar tu vida con una mujer que constantemente piensa en otro hombre, que tiene la insolencia, después de años en los que no se queda embarazada, de culparme a mí porque ella ya se había preñado una vez. Como un estúpido, me convencí de que si lográbamos tener un hijo se olvidaría del anterior. Cuando por fin nació tu hermano Tomás, estaba pletórico. Pensé que sería el fin de todas nuestras desgracias, tras los primeros años de matrimonio en los que manteníamos una auténtica batalla. Y así fue, tu madre se dejó domar y las cosas rodaron mejor.

—¿Alguna vez te has puesto en su lugar?, ¿te has preguntado qué sucedió en esa casa cuando ella llegó, el maltrato que pudo recibir por parte de su padre? —pregunto con un nudo en la garganta que me ahoga, y con una cara de desprecio que no disimulo y que él capta al momento.

—¿En su lugar? ¿Se puso ella en el mío?

—No sé cómo mamá pudo aceptar casarse contigo. ¡Eres un machista de mierda, incomprensivo, intolerante, rencoroso...! —digo presa de un odio atroz.

—Era lo mejor que podía conseguir —responde, encogiendo los hombros y con una mueca de desprecio que nunca olvidaré.

Mi animadversión es tan intensa que no sé si levantarme y salir corriendo o seguir allí escuchando las palabras de un resentido y malévolo ser, con la idea de que esta sea la última conversación que mantenga con el que hasta ahora había sido mi héroe y objeto siempre de mi admiración.

Su rostro se relaja, intenta un esbozo de sonrisa que no logra...

—Perdóname, hija. No te sientas ofendida por mis palabras, me he dejado llevar por la ira. Sé que todo esto debe de resultar doloroso para ti. Esa era una de las razones por las que no quería que hurgaras. No me malinterpretes, el matrimonio no es nunca lo que uno espera. Siempre tiene secretos, a veces inconfesables —dice de pronto, cambiando su tono de voz y la crudeza de sus palabras, cuando ha visto que me ha llevado al límite de mi aguante.

—Yo, en su lugar, hubiera preferido quedarme soltera o pegarme un tiro antes que casarme con una persona como tú —manifiesto con la mayor agresividad de la que soy capaz.

Por un momento, calla. Mi intencionada agresión le ha dolido. Siento cómo se tambalea su prepotencia. Reflexiona. Lo noto en su entrecejo fruncido, en el prolongado silencio. Mi expectación crece. No sé por dónde va a salir. El repiqueteo acelerado de mi corazón me avisa de que debí evitar que se me fuera de las manos. Ya es tarde.

—Muchas veces le eché en cara lo mismo que tú acabas de decir. Creo que aquella mañana los dos fuimos a la iglesia con mucho que ocultar y una pistola apuntándonos al pecho, para que no nos echáramos atrás. Culpables por nuestras equivocaciones, nos castigaron a la cárcel de un matrimonio en el que nos encerraron de por vida.

—Matilde, la hija de la tía Carmen, me dio esta fotografía. Mamá me dijo que no había ninguna foto de vuestra boda, y era mentira. Se la ve muy triste.

La observa con ojos vidriosos, su gesto se suaviza y se echa a llorar. Me parte el corazón ver a mi padre de esa manera. Todos somos piezas mal colocadas en este dichoso rompecabezas. Unos de una forma y otros de otra, hemos contribuido a que esta historia tenga un triste final, incluido el destino, que tenía escrito en el libro de la vida la hora, el día y el lugar del fallecimiento de mamá.

—No te puedo decir si estaba triste o no porque cuando llegué a la boda estaba tan borracho que ni me fijé en ella. No sé cómo me mantuve en pie en el transcurso de la maldita boda. Durante el convite, seguí bebiendo...

—Vale, papá. Vamos a dejarlo.

—Ahora no. Querías saber y vas a saberlo todo —me echa en cara, con el rostro desencajado.

—Ya sé lo que me interesa.

—Lo que te interesa, ¿y lo que me interesa a mí? Te has empecinado en poner patas arriba nuestras vidas, en sacar los trapos sucios. ¿Qué pretendes con ello?

—Averiguar por qué mamá se marchó. Como comprenderás, no resulta muy normal que una mujer, que no ha salido nunca sola de su casa, se decida a tomar un avión y viajar a Nueva York. No entiendo por qué me abandonó —digo, sin poder detener el llanto que desde hace rato me embarga.

—O sea, todo para acallar tu conciencia. Para que la niña egoísta se quede tranquila de que ella no es la causante de nada. Pues, para que te enteres, la única verdad es que tu madre nos ha engañado a todos, incluso a ti, y cuando le ha venido en gana se ha ido a la búsqueda de su amante.

—¡No es tan simple, papá! —grito—. Ella nunca se ha puesto en contacto con Ricardo, ni lo ha visto desde que llegó aquel aciago día al pueblo con la intención de comunicar al abuelo que tenía novio, que se había quedado embarazada y que pensaba casarse con él. Hice que un detective del bufete lo localizara. Ha vivido desde entonces en Nueva York. ¡Ni siquiera él sabía que mi madre viajaba en aquel avión! La noticia de su muerte se la di yo hace unos días.

La cara de mi padre no esconde su sorpresa. Tengo la impresión de que él también tiene muchas sombras alrededor de mi madre, pero amparado en su indestructible machismo ni siquiera se ha parado a recapacitar sobre ello o a intentar aclarar la situación.

—No sé si mamá llegó a quererte o no; pero con nosotros, tus hijos, se desvivió hasta lo indecible. Tú nunca estabas a su lado, no la escuchabas, pero su llanto oculto entre las cuatro paredes del dormitorio, que yo espiaba con el corazón en un puño, detrás de la puerta, delataba su pena. Cuando echaste de casa a Tomás era la segunda vez que le arrebataban a un hijo. Ahora lo entiendo todo. Entonces tampoco pude prestarle mucha ayuda debido a mi ignorancia. No sabía interpretar aquello. Ella nunca quiso que yo sufriera. Quería algo distinto de lo que ella tuvo. Y sí, me siento culpable, papá. Tú lo has dicho. Por eso tengo que saberlo todo, aunque conocer me deje el alma hecha jirones. De otro modo, haciendo la vista gorda o estando ciega ante lo evidente, no me lo perdonaría nunca. Tengo la necesidad de acabar con los reproches personales y ajenos. Una nueva vida viene a este mundo y quiero recibirla en paz.

—Poco después de casarnos, la obligué a jurar ante la Biblia que nunca más vería a ese hombre. Lo juró, llorando, pero lo juró. Nunca la creí.

—Papá, ¿cómo pudiste ser tan cruel?

—Tampoco me interesé en averiguar por dónde andaba ese malnacido de Ricardo. Nunca supe que estaba en el extranjero. Pensaba que pululaba por los alrededores. Por eso quería que tu madre saliera siempre acompañada. Cuando mi hermana se vino a vivir cerca, pasaba casi todo el día aquí, en casa, lo que fue un alivio para mí. La desconfianza y los celos han perturbado siempre mi vida íntima con tu madre. Era difícil no acordarse de todo las pocas veces que consintió estar entre mis brazos.

—No lo puedo jurar, pero creo que ella nunca te fue infiel.

—Nunca pongas la mano en el fuego por nadie, María. Parece mentira que seas tan inocente con la edad que tienes —me dice con desprecio.

—¿Supiste qué fue de su hijo?

—Nació muerto.

—No es cierto.

—¿Crees que te miento?

—El abuelo contó a mamá antes de morir que se lo dio a una familia.

—¡Me cago en la puta! Te lo juro, María. Nunca supe nada de eso. Mi padre me dijo que había nacido muerto —dice apesadumbrado.

—¿Por casualidad sabes por qué no la dejó casarse con Ricardo?

—Nunca me interesó, ni siquiera me lo planteé.

El silencio se hace entre nosotros.

—Mejor dejarlo estar —dice mientras coge mi mano intentando recabar mi afecto—. Me marcho, esta tarde tengo que ir al banco, he quedado con un cliente.

Se levanta de la mesa y me deja ahí, sin salir de mi aturdimiento. Antes de marcharse, me besa en la cabeza y se despide con un «no dejes de avisarme cuando te pongas de parto». Como si no hubiera pasado nada y en los postres hubiéramos mantenido una conversación trivial.

Dolores acude en mi auxilio. Se sienta a mi lado. No sé si ha estado escuchando lo que nos hemos vociferado, ni me importa. Ella no habla, coge mi cabeza y la apoya en su pecho. Me refugio en ese acogedor lugar y doy rienda suelta a mi llanto.

—Tranquila, mi niña. Tu padre te quiere, lo mismo que tu madre, no dejaba de repetirlo. Nunca lo olvides.

—Eso me dijo el último día que hablé con ella, sin saber que se trataba de una despedida.

—Porque es la verdad.

Me recompongo, limpio mis lágrimas y sonrío. Me siento mejor tras su afectuoso abrazo y sus dulces palabras.

—Gracias, Dolores. Ya está todo aclarado. Dudaba si hablar con él o no. Creo que he hecho bien. Aunque tengo el corazón en un puño y casi no puedo respirar. Ya conoce la otra versión de la historia, quizá sirva para templar el rencor que siempre tuvo hacia mi madre.

—Seguro que sí, mi niña. Y deja ya de preocuparte por todos y piensa en Elenita, que es lo que importa ahora.

—Por ella lo hago precisamente, Dolores. Por cierto, ¿tienes la llave del trastero? Tenía pensado bajar a buscar la toquilla de lana que hizo mamá, la recordé cuando mi amiga Silvia me llevó un trajecito para la niña.

—Claro que la tengo. Aún recuerdo el primor con que la tejió, estaba tan ilusionada. ¡Vamos!

—Eres la mejor —digo dándole un sonoro beso.

En el ascensor, Dolores intenta animarme hablando sobre cómo será mi hija. Le sonrío, sin gana.

—¡Dios santo, cuánto polvo hay aquí! Tendré que bajar con la escoba y la fregona.

—Tú ya no estás para esos trotes, Dolores —digo riendo.

—Vamos, mi niña. Aún tengo que dar mucha guerra y cuidar de esta criaturita —dice señalando a mi barriga.

Abrimos un armario en el que hay trajes antiguos de mi padre, algunas mantas y cajas muy bien puestas unas encima de otras. Todo perfectamente ordenado. Cojo la de arriba. Una caja de cartón de color blanco brillante, con unas preciosas rosas impresas por toda ella, y una pegatina en la que la redonda letra de mamá había escrito: «Ropa para el bebé de María.»

—¡Aquí debe de estar! —digo sorprendida.

La abro un poco y veo algo envuelto en papel de seda.

—Ni se te ocurra abrir esa caja hasta que llegues a tu casa, si no se empolvará todo lo que hay dentro —me ordena Dolores.

Obediente, la cierro. La oigo cuchichear mientras cierra el trastero que ya bajará otro día a limpiar.

Nos despedimos. Emocionada, me besa y me promete que irá a la clínica cuando nazca Elenita.

Salgo a la calle con la caja bajo el brazo, deseosa de recibir el aire frío en la cara. Me inquieta una sensación de hormigueo interior que no sé a qué atribuir, como una oscura intuición de que algo malo va a sucederme.

XV

Abro la puerta de casa, desde la entrada grito el nombre de Gonzalo. Nadie responde. Ha sido un enfrentamiento duro, en el que ambos bandos hemos salido derrotados. Hasta cierto punto, comprendo la actitud de mi padre en este espinoso asunto. Si me pongo en su lugar, no me resulta difícil entender la tortuosa relación que mantuvo con mi madre. Desde el principio supuse que él era ajeno a este embrollo; ahora sé que mi padre no solo forma parte, sino que al mismo tiempo ha sido una víctima en esta historia.

La seguridad con que afirmé que mamá nunca fue infiel —hasta donde yo alcanzo a saber, por supuesto— le ha hecho meditar. Su gesto altivo se transformó en taciturno, reflexivo, incluso arrepentido. Había pensado siempre mal de mamá, y con mis palabras se planteaba que se hubiera equivocado. Me ha dolido verlo así. Al fin y al cabo, lo que temió durante tanto tiempo se ha visto cumplido: mamá lo abandonó para irse con Ricardo. Quizá he sido cruel con él, debería haber permitido que se expresara, saber qué siente, cuánto sufre... Sin duda, el más afectado de toda esta historia es mi padre. Me reconcome la culpa por hablarle como lo hice, por faltarle al respeto mostrando mi rencor hacia él. Por supuesto que ello no disculpa su manera de ser y actuar con mi madre; pero lo mismo que yo pedía que se pusiera en el lugar de su esposa, yo debería haberme puesto en el suyo, ser más objetiva en mis apreciaciones. Tendré que pedirle perdón.

Oigo cómo la llave se introduce en la cerradura, seguro que es Gonzalo. Corro a su encuentro y lo abrazo. Ya no siento ese miedo que me embargaba desde que salí de casa de mi padre. Gonzalo me retiene con fuerza durante unos segundos, justo lo que necesito, y me susurra al oído:

—Me temo que el almuerzo no ha ido como esperabas.

—Si supieras la de barbaridades que nos hemos dicho —respondo apartándome de su cuerpo.

—Las imagino. En eso sí que os parecéis, no tenéis pelos en la lengua.

—Gonzalo, mi padre estaba casi al tanto de todo, es más doloroso de lo que pensábamos.

—¿Cómo?

Le pongo al día de lo que ha sucedido en el almuerzo. No sale de su asombro, se refleja en las arrugas de su rostro. Cuando hablo de los sentimientos discordantes hacia mis padres, frunce el entrecejo y su mirada se ensombrece.

—Siento un triste y culpable remordimiento por no haber estado al tanto del sufrimiento de mi madre, pero también una inmensa alegría de saber que por fin se libró de la caótica vida que la aprisionó durante tantísimos años. Con mi padre es diferente, tengo hacia él miles de reproches por dejarse influir y hacerse partícipe de este engaño que no debió haber permitido, pero también considero que su vida al lado de mamá no fue fácil. Pienso que, en el fondo, su agresividad y rechazo hacia ella esconden mucho amor. Comprendo que te sea complicado entenderme, incluso a mí me cuesta...

—Son tus padres, María. Tus conclusiones son ciertas. Nunca podrás decantarte por un lado de la balanza.

—Lo sé. Y mi padre tiene la habilidad de sacarme de mis casillas. Consigue que me sienta como si estuviera subida en el vagón de una montaña rusa que ha perdido el control.

—Olvídate de todo. Ahora que ya conocemos lo sucedido, has de tranquilizarte y dedicarte a Elenita —sugiere con ternura mientras me acaricia el vientre.

—Llevas razón.

—¿Qué es esa caja que he visto en el mueble de la entrada?

—La toquilla blanca que mamá hizo para mi anterior embarazo. Llévala al dormitorio, me voy a dar una ducha.

A pesar de la calefacción siento frío, un frío interior que se convierte en un desagradable e intenso escalofrío. No es un buen momento para caer enferma, con el parto tan cercano. Me introduzco en la bañera y abro el grifo del agua caliente de la ducha. El calor me reconforta, enseguida encuentro alivio a mi desasosiego. Al salir del agua, me miro en el espejo; la imagen que me devuelve, cara y piernas hinchadas y barriga monstruosamente gorda, me ayuda a tocar tierra, percatarme de que en unos días nacerá una personita que necesitará de todo mi afecto y cuidados. Mi ánimo mejora de forma sorprendente.

Me visto con el albornoz y voy hacia la cama, donde Gonzalo ha dejado la caja. Leo una vez más la etiqueta y siento que mamá está ahí, a mi lado. La destapo y aparece algo envuelto en papel de seda blanca sujeto con un lazo de color rosa, como si se tratara de un regalo. Supongo que será la toquilla. Lo abrazo y suspiro, mamá lo tenía preparado..., y qué casualidad que escogiera el color rosa, ¿tendría alguna premonición sobre el sexo del bebé? Con mucho esmero, deshago la lazada y enrollo la cinta, servirá para adornar el pelo de Elenita. Abro el papel y saco la toquilla. Su tacto es cálido, suave, y está muy bien tejida. Al extenderla sobre la colcha de la cama para contemplarla en toda su extensión, un sobre y una caja transparente salen lanzados.

Inmóvil, desconcertada, y al mismo tiempo con una tremenda curiosidad por lo que estoy viendo, llamo a gritos a Gonzalo, que acude al instante pensando que me ha sucedido algo.

—¿Qué te pasa? Creía que te habías caído en el baño.

—¡Mira lo que ha salido de la toquilla! —Señalo los dos objetos, que continúan en la misma posición.

—¿Y eso qué es?

—Estaban dentro y al extenderla...

—Pues... alguien debió ponerlos ahí con la intención de que los encontraras. En el sobre pone: «Para María»; la letra es de tu madre. La caja contiene un DVD.

—¿Mamá?

—¿Quién si no? Quizá es su despedida —dice asintiendo con la cabeza.

—No puede ser. No me imagino a mi madre grabando un DVD. Con dificultad manejaba el mando para cambiar de canal en la televisión. Imposible.

Durante unos instantes niego con la cabeza. No quiero creerlo. No podría soportar ver a mi madre hablándome por la televisión. Elenita salta y me agarro instintivamente la barriga, escucho a Gonzalo decir algo que me impacta.

—¿Te imaginabas a tu madre cogiendo un avión con destino a Nueva York?

Me deja sin palabras. Tardo en reaccionar...

—Llevas razón.

—Vamos al salón y veamos qué dice Elena.

Gonzalo se hace cargo del DVD y de la carta, yo voy tras él como una niñita obediente con piernas temblorosas. Me siento en el borde del sofá mientras él manipula el reproductor e introduce el disco; coge el mando, se sitúa a mi lado y pulsa el botón de inicio.

La pantalla se pone negra y da paso a una imagen borrosa de lo que parece un aparcamiento subterráneo en el que los coches ocupan sus respectivas plazas. No comprendo nada. La imagen se acerca a uno de ellos. Me sudan las manos. No me gusta lo que veo... El objetivo se acerca más y más...; el interior de un coche está delante de nosotros...

—¡Quítalo! —grito a Gonzalo.

—Pero, María... Cálmate. Aún no sabemos qué es.

—Lo imagino y no quiero verlo —digo hecha un mar de lágrimas.

—Si no se ve nada. Es un coche negro con la tapicería de color crema... ¡Vaya! —exclama al darse cuenta de por qué he dicho que pare.

Lo pone en pausa, la velada imagen que muestra dos siluetas queda atrapada entre las líneas rectangulares del televisor. Me levanto, cojo la carta y corro hasta el dormitorio. Al poco tiempo, lo oigo entrar con sigilo, como si no quisiera molestar. Viene hasta mí y me abraza.

—Cariño, ¿estás bien?

—No —respondo mientras aprieto contra mi pecho el sobre en el que se lee mi nombre—. ¿Lo has visto?

—Sí —responde seco—. ¿Vas a leer la carta?

—No me atrevo.

—Ella la escribió para ti.

—Lo sé.

Me seco las lágrimas y con cuidado extraigo varias hojas de papel. Las miro.

—¿Quieres que te deje sola? —me pregunta Gonzalo.

No sé qué responderle, de nuevo la lucha entre querer saber, terminar cuanto antes con todo, y el temor a lo que descubra. Lo abrazo y lloro en su hombro.

—Por favor, léemela tú —le suplico—. No me siento con fuerzas.

Gonzalo toma de mis manos sudorosas el arrugado papel y se tumba en la cama recostado contra el cabecero. Me acoplo a su lado, dejo reposar la cabeza en su pecho y escucho con angustia su voz grave con las palabras que mi madre me quiso hacer llegar.

Mi queridísima hija:

Si esta carta ha llegado a tus manos y la estás leyendo es que he sido capaz de dar el paso de marcharme de casa y, lo que es mucho más importante, que tu embarazo ha ido bien y estás a punto de tener a tu hijo. No dudaba que recordarías esa toquilla que con tanto amor te tejí hace un año.

—¡Dios mío! La pobre no sabía que otra posibilidad se podía cruzar en su camino —se lamenta mi marido mientras yo permanezco muda de dolor.

Espero que todo te vaya muy bien. No te imaginas lo que vas a disfrutar cuando tengas a tu bebé en los brazos, para mí fue lo mejor de mi vida, cuando nacisteis vosotros. La sensación de saber que lo que abrazas es una parte de ti es necesario vivirla para comprenderla; que esa criatura indefensa depende por completo de ti te provocará más de un disgusto y sensaciones agridulces, pero tanto amor que no serás capaz de soportar que nada malo pueda ocurrirle. No dudo de que Gonzalo y tú le querréis mucho; o mejor dicho, la querréis, tengo la corazonada de que tendré una nieta. Y sobre todo, sé paciente. Los hijos no son fáciles de llevar; los padres ni te cuento...

Emocionado, Gonzalo no puede disimular su congoja y sorbe por la nariz mientras continúa leyendo.

Me hubiera gustado decirte estas cosas en persona. No ha sido posible, los acontecimientos ocurridos en los últimos días han precipitado mi decisión. Es el momento de abrir la jaula y volar libre. Sí, María. No puedo continuar con esta farsa, me voy de casa.
Hace una semana, cuando regresaba de la compra, encontré en el buzón un sobre de color marrón que sobresalía. Subiendo la maldita escalera, que me deja sin resuello, me olvidé de él...

—Mamá llevaba tiempo queriendo mudarse, pero mi padre se negaba. Decía que aquel piso era muy grande y que no encontrarían otro igual ni mejor situado, me lo comentó más de una vez.
—Quizá se cansaba porque ya le estuviera avisando el corazón...

Cuando dejé las bolsas en la cocina, me fui directa a la mecedora a descansar un rato antes de colocar la compra en su sitio; entonces lo recordé, fui a por él con la idea de colocarlo en el escritorio de tu padre. Comprobé, confundida, que llevaba mi nombre y lo abrí, saqué de él un DVD, el mismo que acompaña esta carta. ¡Infeliz de mí! Me pudo la curiosidad y, aunque me costó, porque ya sabes que lo mío no es lo electrónico, di con el sitio donde tenía que introducirlo y ¡Dios…! Te estarás preguntando por qué te lo he dejado. La razón es bien fácil, esta prueba me liberó, de una vez por todas, de los lazos matrimoniales. Sabía que Tomás tenía enemigos, personas que se habían visto afectadas por sus tejemanejes, pero nunca pensé que fuera tan grave, que quisieran hacerle tanto daño a él y, de paso, a su familia. Este vídeo no se lo he enseñado a tu padre. No sabe que existe, o eso creo. Si quieres aclarar muchas de las preguntas que te habrás hecho tras mi partida, puedes verlo, aunque te advierto que te producirá un gran dolor.

—¿Qué había en el vídeo? —pregunto ahora, consciente de que sé la respuesta, y que la he sabido desde hace muchos años.

—Yo lo he pasado rápido…

—¿Y?

—En el interior del coche se veía a tu padre manteniendo relaciones sexuales con otras mujeres… Se ve que llevan tiempo siguiéndole.

—Lo intuí nada más ver que era su coche. ¡Qué horror tuvo que ser para ella contemplarlo! —digo envuelta en lágrimas.

María, he de contarte que hace muchos años conocí a un joven, Ricardo, mi alma gemela. Sí. Yo también tenía una que dejé escapar por mi cobardía, por no saber enfrentarme a mi padre. La valentía es una cualidad de la que carezco, o carecía, mejor dicho. Nos enamoramos y nos hicimos novios en secreto. Un día, aprovechando que su patrona se había ido de la pensión subí a su cuarto y..., te lo puedes figurar, una cosa llevó a la otra. Cuando me faltó la regla se me vino el cielo encima, ¿cómo podía haber sido tan descuidada?; sin embargo, al observar cómo se iluminaban sus ojos al conocer la noticia, pensé que era lo mejor que nos podía haber pasado, de esa manera se adelantaba la posibilidad de estar juntos para siempre. ¡Qué inocentes!

Llegué a Medina con un miedo terrible metido en el cuerpo de pensar en contárselo a tu abuelo. Un día me armé de valor, me puse delante de mi padre y le dije que estaba embarazada. Una bofetada me dejó la cara marcada, y lo que siguió es peor de lo que puedas imaginarte. «¡Sobre mi cadáver!» Fueron las últimas palabras que pronunció cuando se enteró de que era un Fortea.

Muchos años después, ya ni recuerdo con quién hablé en el pueblo, me enteré de que mi padre, durante la Guerra Civil, se apropió de la hacienda de los Fortea, la más grande de la mancomunidad, después de que, según cuentan, mandara al paredón al abuelo y enviara a su hijo, el padre de Ricardo, a la cárcel. La familia de Ricardo se fue de Medina por miedo a que continuaran las represalias por parte de mi padre; y mira por dónde, el destino nos junta a los dos para llevar hasta él el fruto de sus crueldades. Mi padre no fue una buena persona y lamento que su sangre corra por nuestras venas.

—Es aún más malvado de lo que pensaba. ¡Dios mío! Qué herencia voy a dar a mi hija.

—Lo contrarrestaremos con mucho amor —susurra Gonzalo y me besa, nervioso, en la mejilla.

Me puse de parto por la noche. Me asistió don Nicolás, el médico, una buena persona que estuvo pendiente de mí durante los dos días que duró. Al final, ya no pude resistir más y perdí la conciencia tras oír al médico decir que era un precioso y robusto niño. Ignoro cuánto tiempo estuve así. Al despertar y ver la cara de mi padre, supe que algo malo había sucedido. Me comunicó que mi hijo había muerto. La muerte de mi madre, de mi hijo, la actitud de mis hermanas y el odio que sentía hacia mi padre eran demasiado para mí. Entré en una profunda depresión.

De aquella época, solo recuerdo que mi hermana María intentó sin conseguirlo que comiera algo, que acariciaba mis cabellos cuando creía que yo dormía. En realidad, cerraba los ojos para aislarme del mundo. Supongo que me darían algún tipo de medicación o simplemente el paso del tiempo fue calmando, que no recuperando, mi espíritu; conseguí salir de la cama para entrar en un infierno aún peor que el de la depresión. Convivir día y noche con el mismísimo demonio, mi padre.

Él me dictó una carta para Ricardo, no recuerdo muy bien el momento exacto, si en plena depresión o en la locura superior, en la que le comunicaba que muerto nuestro hijo, ya no teníamos nada que nos mantuviera unidos...

—Eso fue lo que me contó Ricardo. Ahora sabemos que fue su padre quien la obligó a escribirla en esos términos.

Mi existencia transcurría entre las paredes de la casa. En las escasas ocasiones en que ponía los pies fuera, siempre acompañada de mi padre, pude comprobar que nadie se había enterado de nada. Todos pensaban que la depresión había sido originada por la muerte de mi madre. Yo quería gritar la verdad, que había tenido un hijo que murió nada más nacer, que esa era la causa de mi desesperación.

¿De qué había muerto? ¿Por qué don Nicolás, mi único testigo, se marchó al poco del pueblo? Esas preguntas me machacaban día y noche. Fue muy duro. Estaba vacía por dentro, como si mi alma se hubiera congelado. Durante meses, esperé noticias de Ricardo que nunca llegaron. Un día, tu abuelo llegó a casa y dijo que cuando transcurriera el año de luto me casaría con Tomás, el hijo mayor del bodeguero. Contento por el buen trato que había hecho, me repetía que nada mejor para una ramera como yo; esa forma, con todos sus sinónimos, la empleaba para referirse a mí. Como comprenderás, la noticia me dejó helada; nunca pensé que me casaría con otro que no fuera Ricardo, al que seguía amando con locura.

Intenté consolarme con la creencia de que casarme era lo mejor para no tener que vivir con mi padre, para dejar de escucharle llamarme puta a cada instante.

Tenía diecinueve años cuando me casé, y ha llegado el momento de poner punto final a esta rutinaria convivencia con un hombre al que nunca amé, pero que respeté por encima de todo hasta que recibí ese vídeo.

Ambos fuimos producto y víctimas de las circunstancias, así se lo he hecho saber en la escueta nota que le he escrito, y que le dejaré antes de marcharme.

—¿Escribió una nota?

—Eso parece.

—Sabía que tenía que haber una explicación, pregunté a mi padre y me lo negó.

—Lógico. De otra manera se hubiera destapado toda esta basura.

—¡Lo odio! Nunca se lo perdonaré.

Me incorporo y camino, arriba y abajo, por la habitación; me siento como un león enjaulado entre estas paredes. Gonzalo traga saliva y continúa leyendo.

Poco antes de morir, mi padre me confesó que mi hijo no había muerto, que se lo entregó a una familia el mismo día que nació.

¿Te imaginas lo que supuso para mí aquella noticia? ¡Mi hijo vivía! La alegría era inmensa, pero la superó el odio que sentí hacia aquel que espero siga revolviéndose en la tumba por lo que me hizo. No ha habido un solo día en que no lo haya maldecido. El hijo de Ricardo y mío, nuestro hijo, vivía, pero ¿dónde y con quién? Cuando os veía a vosotros se me partía el corazón. El tiempo, que todo lo cura, como dice el refrán, jugó a mi favor y me fui haciendo a la rutina, dejando atrás preguntas sin respuesta, hasta que recibí una carta de Ricardo. Llevaba años intentando localizarme. Me decía que me amaba, que me seguía esperando. Releí la carta cientos de veces a escondidas, para que tu padre no me viera. Siempre estuvo celoso de nuestra relación.

Ricardo se encontraba a miles de kilómetros, se marchó a Nueva York después de mi rechazo y no regresó nunca, según me contaba en la carta. Una carta a la que no pude responder porque no tenía remite. Tampoco a las postales que cada año me enviaba el día de los enamorados, en las que siempre repetía la misma frase: que me esperaba. Y allí seguiría esperando, si no me hubiera atrevido a dar el paso de irme con él.

En realidad han sido dos las razones que me han llevado a romper mi promesa de matrimonio. Una, el saber que tu padre me es infiel. Siempre lo intuí y nunca se lo reproché, podía entenderlo. La culpa era mía, nunca le di lo que necesitaba, pero nunca supuse que fuera tan descarado. Desde luego, tiene por ahí un enemigo que le intenta hacer daño. Lo que nunca sabrá ese individuo es que lo que él pensaba que sería un golpe bajo para mí ha supuesto el pistoletazo de salida.

La otra, y más importante, es que hace un mes me topé en el mercado con don Nicolás, el médico. Está muy viejecito, pero con la cabeza en perfectas condiciones. En cuanto me vio, me reconoció y se echó a llorar. Entre lágrimas balbuceó que mi padre le hizo jurar que mantendría el secreto de lo que allí ocurrió. Por ello en cuanto salió una vacante en otro pueblo, se marchó. Me confesó que mi padre había entregado mi hijo a una familia que se marchaba a Francia a trabajar. Él recordaba muy bien a la madre, una mujer joven que no podía tener hijos. Me contó que seguro que lo había tratado muy bien porque no paraba de darle besos. El alma se me partía por momentos. Don Nicolás recordaba a la perfección sus nombres: Aniceto Rincón y Sagrario Leiva.

Me enfadé mucho con él, incluso llegué a gritarle por haberme ocultado toda esa información; el pobre se deshizo en un angustioso llanto y terminé consolándole, perdonándole por el daño que me había causado con su silencio.

Por primera vez tenía una pista por la que empezar a buscar a mi hijo. Pero ¿cómo podría hacerlo sola? La única solución era reunirme con Ricardo y decirle la verdad, que nuestro hijo seguía vivo, que era probable que aún viviera en Francia.

Mis amados hijos, no creo que os importe que invierta ahora un tiempo en buscar a vuestro hermano. Volveré, y ojalá sea con buenas noticias. Si no es así, por lo menos habré conseguido poner fin a esta mentira que me une a vuestro padre. Dedicaré lo que me quede de vida al hombre al que siempre he amado, que a pesar de los años aún me espera.

Nunca olvidéis que os quiero. Esta carta va dirigida a ti, María, y a tu hermano. Tomás sabe parte de esta historia. Habla con él. Cuando creas conveniente se la das a leer. No quiero que tu padre y él se distancien aún más por este motivo.

No me gustaría que llegase a manos de tu padre. Nunca quiso enterarse de lo que pensaba ni de lo que me ocurría. Ya te he dicho que no es el único culpable de mis desgracias, por ello no quiero que te enfrentes a él. Te lo advierto porque te conozco y sé que tu primera reacción será telefonearle en cuanto termines de leerla para pedirle explicaciones. María, ese no es tu papel. Yo he renunciado a pedírselas, y tú también debes hacerlo. Ha sido un excelente padre para ti, nunca lo olvides.

Estoy muy excitada ante la aventura que voy a emprender. Si te soy sincera, también aterrada, pero muy feliz.

Dale un beso enorme a mi nieto o nieta, hasta que yo lo pueda besar en persona.

Te quiero.

MAMÁ

Epílogo

Elenita nació antes de tiempo.

La lectura de la carta de mamá me provocó una tempestad de sensaciones inenarrables, y también que se adelantara el parto. Gracias a Dios todo fue bien, pasó unos días en la incubadora, y ya está en su peso normal.

Es una preciosa niña de pelo oscuro y liso; la viva imagen de su abuela. Todo el que la ve lo comenta y, al mismo tiempo, se lamenta porque ella no podrá conocerla.

Hoy cumple un mes y sus padrinos han decidido organizar una fiesta familiar para celebrarlo.

Elenita, ajena a todo, duerme tranquila en mis brazos.

Como le ocurrió a mamá, el nacimiento de Elena ha traído consigo un período de calma familiar, todos volvemos a estar más unidos.

Aún no he enseñado la carta de mamá a mi hermano, pero lo haré. No quiero más secretos entre nosotros.

Respecto a mi padre he cumplido el deseo de mi madre. Ha sido duro controlar la animosidad que sentía hacia él cada vez que lo veía y me acordaba del vídeo.

Tras el nacimiento de la niña, mantuvimos una tranquila conversación, que me ayudó a comprenderlo, pero le dejé muy claro que no existía justificación alguna para su deleznable comportamiento.

Al final, tras mi insistencia acabó confesando —algo que yo ya sabía— que mi madre le dejó una nota. Me la enseñó: «No solo es culpa tuya.»

Cinco palabras que resumían una vida, una existencia.

La disculpa que me dio para negar durante tanto tiempo que la tenía fue que en el fondo de su ser confiaba en que ella regresaría; al morir, según él, aquella nota carecía de importancia. Quiero creerle.

Hemos decidido vender la casa del abuelo. Con el dinero construiremos una nueva donde pasar las vacaciones. No queremos fantasmas atemorizando nuestras vidas.

Parece ser que Javier ha localizado el paradero de mi medio hermano; Ricardo me telefoneó ayer y, aprovechando que va a Francia a buscarlo, parará aquí, en Valladolid, para conocernos a todos. Cuando estemos cara a cara me ha prometido contarme lo que mi abuelo le hizo a su familia. Él dispone de más detalles que le refirió su hermana mayor. Otro duro golpe del que aún no se ha repuesto, según me explicó.

Mi padre aún no sabe que Ricardo viene a visitarnos, ni que es mi intención alojarlo en mi casa. No sé cuál será su reacción. En realidad, tampoco me importa.

Después de meditar sobre lo que he descubierto de la vida de mis padres prefiero dejar atrás el pasado y mirar hacia delante, disfrutar de lo bueno que los hallazgos me han proporcionado. Me alegro de tener otro hermano. Estoy deseando conocerlo y darle el cariño que se merece.

La fiesta está siendo muy divertida. Silvia está muy ocurrente. Gonzalo y mi hermano se han vuelto locos comprando comida. Dolores ha hecho un pastel y han colocado una vela pequeña, que, sin duda, tendré que soplar yo.

Me parece excesivo, pero no he querido quitarles la ilusión. Me limito a sonreír con esa risa bobalicona que me acompaña a todas partes desde que Elenita nació.

Le acabo de dar la niña a mi padre.

Lo contemplo mientras la mece y le susurra una nana al oído. Nunca pensé que ejercería de abuelo con tanta ternura.

Mamá llevaba razón. Somos víctimas de nuestro destino.

Un nudo me oprime la garganta y se me saltan las lágrimas. Debe de ser la sensibilidad posparto. Intento seguir sonriendo, pero la echo tanto de menos... «Te quiero, mamá», le digo con el pensamiento, y regreso a la fiesta.

—¡Oye, papá!

—Dime —responde dejando de mecer a la niña y mirándome con cara de satisfacción.

—He pensado... —titubeo.

—¿El qué, cariño?

—¿Qué te parece si enterramos las cenizas de mamá bajo los tilos del parque?

megustaleer

Descubre tu próxima lectura

Apúntate y recibirás recomendaciones de lecturas personalizadas.

www.megustaleer.club

megustaleerES

@megustaleer

@megustaleer